文春文庫

歳月がくれるもの

まいにち、ごきげんさん

田辺聖子

文藝春秋

自分を頼みにする気持ち。
絶対にできる。できるはず、って。
「はず」はちいさい声でもいいから。
そうしていくことを忘れないで。

Contents

歳月がくれるもの

まいにち、ごきげんさん

可愛げもいいけど、かしこげもいいなあ。
素敵な女性は、言葉づかいにコレが出ます。

女の可愛げ

〈オトナは無邪気だけでは生きてゆけない。ことに女は〉

かつて私は『言い寄る』という小説で、こんなふうに書いたことがあります。

みなさんと同じ30代の女性を主人公にして、たくさんの夢見小説を書いてきたけれど、無邪気だけの女なんて、決していません！　どんな女の人でも、みんな、智謀に長《た》けているもの。

ああせな、こうせな、そうでなきゃ損やわって、ちっちゃい頃からよう考えてるものですよ、女の子は。そういうのはきっと神様が与えてくれた才能だと思うんです。

それで、ときどき、ちょっと頑張りすぎてしまうのね。仕事も恋愛も力が入りすぎて空回り。

「可愛げないなあ」って言われたりして、しんどいときもあるでしょう。

女の子はね、あんまり頑張りすぎない方がええねん。あっさりした方がいい。自分と相手は違う人間なのにそれに気がつかないふりをして、自分の思い通りにしてもらおうとするから疲れちゃう。全部が全部、思い通りになんていきませんよ。

「ちょっと今、しんどいなあ」ってときは「ま、そういうこともあるし」と思ってたら、いい。嬉しいこと、泣きたいこと、そんなんが全部集まって人生だからね。頑張りすぎはいけません。

自分を楽しませないと。

まいにち、ごきげんさんが一番。

そりゃあ私だって、ごきげんさんじゃない日もありますよ。それでも朝起きて、髪きれいにして、朝ごはんに好きなものでも出れば、もう、ニカニカ。顔がほころんじゃう。こんなに単純でいいの？

自分でプッと吹き出すようならバンザイね。

長い目で見れば、我慢することも勉強になるしね。我慢は人を育てます。そうかと言って「あのとき、ああしたらよかった」とクヨクヨしてばかりでは人間大きくなれへん。そのときは落ち込んだとしても「いや、あれでよかってん」、自分の頭をなでてやらないと。

どうしても腹の虫が治まらないときは思いきり悪たれ口をついてみるといい。我慢より腹の虫の方が大事なときもあるからね。そういうときのために大阪弁には「あほんだら」という魔法の言葉があるんですよ。「あほう」では足らん、もうちょっと腹にぐっと力を入れて「あほんだら！」。

私も人に面と向かって使ったことはないですよ。ひとりでいるときに、つぶやくわけ。

思ったことは口に出さずにはおれないのが女です。言えば、それで気が済む。けど何ごとも言い方次第。若いときはどうしても言葉が足りない。言いたいことをそのままぶつけるから「可愛げがない」と言われてしまうのね。

「可愛げって、どうやって学んだらいいですか？」、真顔でそう聞いた人がいたけれど、可愛げっていうのは勉強して身につけるものと違います。自然とにじみ出るものです。相手を傷つけないように言い方を一生懸命工夫するから、優しみが出てくる。こういう自《おの》ずとにじみ出る感情が、大人にはなければいけません。相手の気持ちに敏感になる。これも人間の成長やからね。これがないと仕事もできませんよ。

別にうまいこと言おうとしなくたっていいの、言葉を惜しんではダメ。あなたが何か言って、友達がぷうっとふくれて向こうへ行ってしまった。そんなとき、「気がつかなくて、ごめん。何か悪いこと言うた？」、ひと言でもあると違うと思います。

私も昔は「言わずのおせい」って言われていたんですよ。うまい言葉なんて、ちっとも浮かばなかった。ドラマみたいなセリフがすらすら出てくるのも逆にいやらしいけれど、「ごめんなさい」のひと言しか言えなくたって、あなたがきれいな心でいれば、気持ちはちゃんと伝わるものですよ。

そうして、だんだん人の気持ちを慮《おもんぱか》ることが出来るようになると、今度は可愛げの代わりに「かしこげ」が出てくるんです。相手が本当に言って欲しいことがわかるようになる。ああいう言い方もある、こういう言い方もある、いろんな言葉をふくよかに蓄えている人がほんまの大人。

可愛げもいいけど、かしこげもいいなあ。素敵な女性は、言葉づかいにコレが出ます。

どっちが正解ということはないのよ。
「これが私の幸せ」と思って前を向きましょう。

続く恋、終わる恋

私も若い頃は恋愛に対していろんな理想を抱いてました。「お金持ちで、できれば背もすらっとして、優しい人」なんて、アホらし！　今思えば、ずいぶんと欲張ったことを思い描いたものです。

この人とずっと一緒にいられたらいいのに。

好きな人が出来たら、誰しもそんなことを夢見てしまうもの。

続く恋と終わってしまう恋、一体、何が違うのか。


恋は盲目と言うけれど、好きになったら相手の趣味ややりたいことに何もかも合わせてしまう人もいる。自分さえ我慢すれば済む。そんなことは長続きしませんよね、結局。無理しても、人は自分が好きでやれることしか続かないものです。


そうしていつか道が分かれる。

それでもふたりでいることを選ぶ人と、ひとりに戻ることを選ぶ人。どっちがどうとも言えない、どっちも正しいんですよ。両方あるのは、人は持った敷地を失うまいとするから。

片方は出来るだけのことはやる、そう思ってる。もう片方は出来ないことは出来ない、それをちゃんと言える人なのね。どっちが正解ということはない。

その人自身の持ってるもので、その人が決めればいいんです。

肝心なのはその先。

「私はこれが一番いいと思った」、そう思って決めたなら、それを大事にしていこう。選んだ以上は、こういう気がなければいけない。最後の決断をしっかりしないから「やっぱり別れるんじゃなかった」なんて、いつまでもぐずぐずしてしまう。

女がね、「私が選んだことは最高や！」と思わなくてどうしますか。心を決めたら、自分の決断に後ろから紙を貼ってあげるといい。「大丈夫！」って紙を。なるようになる。人生はそういうふうに出来てる。だいたいはね。ほんとよ。

続けるなら続けるで、恋愛にはわかり合ううまさって、あるからね。「私はこうじゃなきゃイヤ」って自己主張するばかりが能じゃないのよ。この信条だけは譲れないと思っても、突然ひっくり返ったりするもの。

ちいさく凝り固まって角つきあわせるよりもっといいのは、その人を自分のいいようにつくり替えてしまうこと。人なんて好きになれば性格だって変わる。そこはほら、女の腕の見せどころ。

「嬉しいわあ。女ってね、そんなふうにされるとすごく嬉しいのよ」「そ、そうか?」なんてね。かしこい男の人だったら、あなたが嬉しそうにしてるだけで勝手に学んでくれますよ。

「へえ、君はこんなのが好きなのか」と言われても「そうねえ。そういうこともあるかもね」って言い方をしながら、だんだん、だんだん自分の方に振り向けていったらいい。

「あっちはああいう係。俺はこういう係。それで悪いこともないし、ケンカもせえへんしなあ」

ある日、旦那が首かしげながらそう考えているかもしれない。一緒にいる時間を重ねるうちに、そのふたりにしかわからない、わびさびに到達することも出来るのではないか。いつかそんな夫婦になれたら素敵よね。

「もうイヤッ。顔も見たくない！」で終わってしまう恋もあるけど、誰にだって可愛げはある。女の人は心が広いから、「あの人、どうしようもないけど、でもいいとこもあるし」って、その気になれば男の人のいいところをなんぼでも見つけていける。

それって相手のためだけじゃないのよ。自分が大きくなっていくことよ。精神的に肥えて、立派になっていくこと。そうして恋は人を成長させてくれる。

ひとりでいる自由、それもしあわせ。

ふたりで一緒にいるのにしゃべることもない、ただテレビを見て笑ってる、それもしあわせ。

しあわせはいろんなかたちで、なんぼでも、どこにでもある。こうでなくてはいけないということはないんです。

迷ったときは「でもまた別のしあわせもあるし！」。

これしかない、ひとつしかないと思わないこと。

過ぎたことはみんな、万々歳《ばんばんざい》。悲しいときはさすがに万歳は言われへんけど、ああ、残念、これでいい思い出が残ったと思えばいい。

自分の人生だから、しあわせも自分が決めていったらいいんです。

まずは自分にマルをひとつ。
夢を育てていきましょう。

夢をかなえる

新しい年の始まりというのは気持ちもあらたまるもの。これからこんなことをしたい、あんなこともしたい、わくわくと胸躍らせている方もいらっしゃることでしょう。夢をかなえたいなら、ちゃんと〝夢育て〟をしましょうね。

「せいちゃんは大人になったら何になりたい？」

子どもの頃、父親に聞かれると、私は即答でこう言ったものです。

「小説を書く人になりたい!」

「なるほど。それは結構なことやないか」

写真館をしていた父親も面白がって応援してくれました。女学校時代から「少女草《をとめぐさ》」という手書きの同人誌を作って、友達に回覧しては「もっと続きを読みたい」とせがまれていた私は、自分は小説家になるんだと疑いもしませんでした。

ところが戦争が始まって、終戦を迎えたときには状況はまるで変わってしまった。空襲で写真館は全焼。父親も死んでしまって、母親の苦労は大変なものだったと思います。そうなると私も長女ですから、小説家になる夢を諦めたわけではなかったけれど、弟妹を食べさせていかないといけない。

それで女学校を卒業するとすぐに金物問屋に勤めに出ることにしたんです。

かなえたい夢がある。だけど今すぐには難しい。そういうときに日本語にはとってもいい言葉があるんですよ。

「それはそれとして」

今はどうしたって家族を養っていかないといけない、でも「それはそれとして」このままでは終われない。ちょろちょろと胸の奥で燃えている火をしっかりと抱きしめて消さないようにしないと。

19歳で勤め始めて、35歳で芥川賞をとって世に出るまでの20年近くの間に、せっせと投稿しては落選して戻ってきた原稿で、大きな行李《こうり》はいっぱいになりました。それでもなんで書き続けることが出来たかっていったら、絶対に絶望しなかったから。諦めたらそこで終わり。めぐりあわせの悪さを嘆いていたってしょうがない。今はこうでも、この先は自分の好きなことをやれるかもしれないし、今やっていることの中にも自分の好きなことが見つかるかもしれない。そう信じていたんです。

人生ってね、自分で何もかも選べるものと違う。

勝手に向こうからやってくるものなんですよ。だから柔らかな心で大きく迎え入れた方がいい。めぐりあいを愉《たの》しんだらいいんです。そうすると、そこから拓《ひら》けていくものが必ずあるから。

反対に「自分にはこれしかない」と思い込んでいると、世間が狭くなる。今のあなたが思ってるより世間はずっと、ずっと広い。まだ知らないいろんなことがたくさんたくさんあるんだから、心をパーッと広げて、ひとつひとつ発見して面白がらなくちゃ。

めずらしいものと出会って目を見張ることもあるかもしれないし、難しくて苦手だわと思っていた人がいつの間にか一番大好きな人になってることもある。自分が見てきたこと、感じてきたことなんてまだまだちいさかったんだと身に沁みてわかるようになれば、今度は思いもよらぬ人が声をかけてくれたりもするかもしれない。見る人が見たら、あなたが成長したんだってことがわかるから。

人生というものはどんなところから拓けていくかわからないのだから「これはこうに決まってる」と高をくくって「言い捨てる」のが一番いけない。すぐには理解できないことも「思い返す」ことを心がけるだけで違ってきますよ。あの人があんなに言うからには何かあるに違いない。いろんな角度から考えてみるうち、それまで気づかなかった人の魅力や物事の味わい方がわかったら、しめたもの。

なんぼでも希望は向こうにあるから。肩を落とすことはない。なかなかうまくいかないと、自分の人生こんなもんじゃないかと思ってしまいそうになるけれど、大事なのは自分が自分を頼みにして「よろしくお願いします」という強い気持ち。

たとえ今うまくいってないからといって、自分が自分をバカにしてはダメですよ。

今は神サンがよそ見してるだけ。「私にはこんないいところがある」って自分で自分に言うて聞かせてあげて。これが自信のもと。

デビュー前の私は、何度原稿を突き返されようとも「自分が読みたい小説はまだ世の中にない」って思ってたんです、オソロシイことに。「それを今に私が書いてやる！」ってね。初めて自分が書いたものを褒めてもらったときの天にも昇るような嬉しさは今でも忘れられない。

人は、自分では気づかなかったいいところを見つけてくれるもの。そうしたら今度はそこを磨いて、また育てていったらいい。

まずは自分にマルをひとつ。そこから大事に夢を育てていきましょう。

白紙になって自分の実力だけ、と
思ったら本当の底力が出ます。

初めましての作法

初めての方にお目にかかるときは緊張するものです。
うちにも若い方がしょっちゅう来ますけど、初対面のときはたいていも
のすごく緊張しています。
「もっとゆっくりしていらしていいのよ」って言っても「いえ。ゆっくり

もできないんです。時間ないんで」、とりつくしまもない。「わかってる。わかってるけど、ゆっくりなさる気持ちでいらして、という意味です」「あ、そうですか」なんて。

ただでさえ緊張してるのに、せわしないものだから慌てちゃうのね。そういうとき、私はちょっと口に甘いもの塗って、お上手を言ってあげるんです。

お上手と言っても、口先だけではダメ。褒めるからにはその人のいいところをちゃんと見つけてあげないと。そうじゃないと本人の心に刺さらないものね。本当を言うから、本人の心に刺さる。「わかってくれてるんだ、この人は」っていうことだから。そうすると相手も「それほどでもないんですけど」って急に素直な気持ちが出てきて、お互いに相手を「いいなあ」と思うというわけ。

「先生、思いつきでものを言わないでください」っておっしゃった方もいましたよ。

だから私、言ったんです。

「何言ってるの。一番大事なことじゃないの、パッと思いついたことっていうのは」

それがなかったら、小説なんて書けませんよ。

案の定、そんなふうにキャッチボールしてるうちに、あっと言う間に長いことおしゃべりしていました。だから構える必要はないんです。

誰だって初めは怖いんですよ。向こうが何を言うか、わからへん。どんな怖い言葉が飛んでくるかもわからへん。お互いをトゲだと思ってるからトゲトゲするんで、お互いをニカニカだと思えば、ニカニカになる。

心根のいい子だったら、会った途端にわかりますからね。緊張していたって大丈夫。おずおずと名刺を差し出す頃には、あなたのいいところはちゃんと伝わっていますよ。

自分をよく見せようと思うと、かえって失敗することも多い。経験が足りないと、つい何かに頼りたくもなるけど「いい学校を出てる」とか「大きな会社に勤めてる」とかそういうことは横に置いておきましょう。お荷物になるから。そんなものをいくつ並べたところで自慢にしかなりません。

知らない人と会うときは白紙のつもりになりましょう。

生まれも学校も一切関係ない。自分の実力だけでって思ったら、また力が出ます。本当の底力が。みんなそれぞれに持って生まれたいいものがあるはず。それを素直に出せたら、どこに行ってもきっと光り輝きます。

気心の知れた相手とだけつきあっているようでは、人間、性根がつきません。

ある人がお客さんを見送る度に「今日はようおいでくださいました。ありがとうございました」って言ったの。社長がそれを見て「よくあれが言えた。えらい」って褒めたら「先輩の真似をしただけです」「ようそれを見てた。えらい！」。それに気づいて声をかけた社長もえらい。ちゃんとしようと思うと、愛想もしなきゃいけないし、人のすることをしっかり観察するようになるんです。

今日だけは失敗すまいと思っても、失敗してしまうこともある。そうしたら素直に謝ればいい。知ったかぶりしないで「知らないことを教えていただいて勉強になりました」と感謝の気持ちを伝えたらいい。大概の大人は若い人が好きだから、ぱしっと受け止めてくれますよ。まっすぐな気持ちでぶつかっていくと、こっちの気持ちが清められる気がすることもある。

若いって、そういうことでもあります。

人は認めてくれなかったけど、自分ではものすごくいいものだと思った。そうしたら、それを大事に大事にしてあたためておいて。違う人が見たら、また別の判断を下すかもわからない。「つまらない」って自分を卑下することはない。自分がそれを大事だと思うなら「これはいいもんなんだ」って、いつでも胸を張っていたらいいんです。

人は自分のたしなみとして誇りを持ちましょう。

みんながいいもの、ちょっとずつ持ってるのよ。それをちゃんと磨いてあげること。そうして、心のまま、いろんな夢を見て、これが自分だ、これこそが自分の人生だ、そう思うものをしっかりつかまえるの。

しくじったときは「また次もあるし!」って言ってごらん。「いつもこんなんと違うし!」って。

「初めまして」そう言えるのは素敵なこと。自分はここから始まったんだって、あとで振り返ったとき必ずわかります。

「こうすべき」と思うからしんどくなる。
「これもアリかも」で乗りきりましょう。

仕事と家庭の両立

私は37歳で結婚して、いっぺんに4人の子持ちになりました。おっちゃん（夫の川野純夫）は再婚で前の奥さんとの間に子どもがいたんです。おじいちゃんおばあちゃん、そして若い見習いさんたちも同居する大家族の中で育ったけれど、結婚してからも大家族の中で暮らすことになりました。

作家としても芥川賞をとって連載を何本も抱えていましたから、私の30代はまさに大車輪。どこにそんなエネルギーがあるのかと人からよく驚かれたものです。

女性も30代になると仕事も充実してくるし、これで結婚なんてしたら、どうやって両立していったらいいんだろうと悩んでらっしゃる方も多いことでしょう。

もちろん独身生活を謳歌するのも素敵なことよ。でも私は家庭を持って、とっても幸せだったから、出来うることならみなさんも家庭を持って子どもを育てるということをやってみたらいいと思う。

私は自分の子どもは産まなかったけど、連れ子でも子どもは可愛かった。上の子はもう大きかったから何もムリに「お母ちゃん」って呼ばせることはないと思って、ずっと「聖子おばちゃん」で通したんです。「お母ちゃんって呼んで欲しい」と言えば子どもたちもそうしてくれたと思うけど、どんな形でも心が通えばいいというのが私の考え。それで仲良くしていれば、その方がさっぱりしていいと思った。

締め切り前はどうしたって仕事部屋にこもりきりになる。そうすると誰かしら呼びに来るのね。どんなに忙しくたって「仕事中は入ったらダメ」なんてことは絶対に言いませんでした。

「聖子おばちゃん」

「はい、何ですか」

「あのな、明日は給食費持っていく日やの」

学校から帰ったらすぐに言わないと子どもは忘れてしまいますものね。言い忘れて、よく学校から走って帰ってきたりもしましたよ。

それで仕事部屋には子どもたちの黒板がありました。と言っても、子どもらが書くんじゃないのよ。私が自分で書くんです。「この日はお弁当が要る」とかね。一日でも見逃したらえらいことです。「僕、言うたのに」って泣かれてしまいますから。

赤いチョークで書いたから黒板はいつも真っ赤。

「えらい繁盛してますなあ」

おっちゃんはのんきなもの。仕事も家事も一手に引き受けるのは私で、男の人は仕事だけ一生懸命やればいいんだから楽でいいわよね。それでもおっちゃんは「そんなことなら小説なんてやめてしまえ」とは絶対に言わない人でした。

どんな状況でも大事なのは自分の気持ちの持ちよう、それから相手の人柄のよさだと思います。困ってる人を見たら「どないしたん？」って自然に言える人がいい。

「何があったか言うてみ」

これが言える人なら大丈夫。なんとかなる。

子育ても無我夢中でしたから、えらそうなことは言えません。ただ、今はお受験とか言って、ちっちゃい頃から塾にいくつも通わせたりするんでしょう。かわいそうに。せっかくちいさい時じゃないの。どんどん遊ばせてあげたらいいと思うわ。

この子はゲラ。よく笑う。

この子は怒りん。でも優しい。

子どもが4人もいるとその子なりに大事にしてるものがあるのがわかるんです。大人が頭ごなしに言うのは絶対にいけない。「それ見てみい。そんな調子やからダメなんだ」、こんな言い方をされては、伸びるものも伸びません。自分は大事にされているということ、自分はものすごいエライもんなんだ、みんながそう思ってくれてる、子どもにはそういう思いをまず持たせてあげないと。そうして今が大事と思って、出来るだけ一緒にいてあげたらいい。

「さあ、夕ごはんの買い物に行きますよ」

ひと声かけると、どどーっと駆けてくる。みんな引き連れて、ぞろぞろと出かけました。

ちゃんと見てるよ。今は大変なことも、ちょっと心がけたらそのうちきっとよくなる。いつもこう伝えてもらってたら、大人も勇気百倍の気持ちになりますよね。子どもだって、きっとそう。

家庭というものは人それぞれでいいと思うんです。百点満点を求めてはいけません。「こうあらねば」「こうすべき」と思うからしんどくなる。たったひとつの正解なんてないのよ。「こうあらねば」より「これもアリかも」「これでいいかも」という〈かもかもちゃん〉精神を覚えて乗りきってください。

可愛らしい思いつきは神様のお恵み。
相手を驚かせ、自分も驚き、華やぎを忘れずに。

おしゃれは人のためならず

季節が変わると「あら？　私、去年は何を着ていたのかしら」と不思議に思ったりしますよね。気に入って着ていた服でも、これはもう、何度も着たのだから面白くないと思ったりして。そのくせ昔の思いがけない服が出てきたりすると「そういえばこれ、好きだったのに長いこと着てなかったわ。あの方に会うのは初めてだから今日はこれでいきましょう」なんて、あれこれ思いめぐらすのは楽しい。そういうときめきは、いくつになっても忘れたくないものですね。

まずは自分で自分をびっくりさせる。いつもは着ない色を思いきって着てみるとかね。そういうときに頼りになるのはやっぱり同性の友人です。「この間のあれの方がよかった」「こうした方が似合うよ」、あなたのことをよく知ってるから似合う似合わないを一番正直に言ってくれる。

「素敵ね。そういう色も似合うのね」と褒められたりすると「ホント?」、パッと声まで弾んでしまう。さっきまで「ちょっと派手じゃないかしら」と自信がなかったのが「何言ってるの！ そこがいいのよ」なんて、ひと言あるだけで気持ちが全然違ってきます。反対に、相手が思いきった格好をしてきて「やられた！」と思ったりね。

お互いに知らなかったいいところを見つけあって、びっくりしあう。そういうちょっとした発見が人生には必要。そのための友だちですよ。褒めあって、嬉しくなって、そうするとまたこっちも張りきって「わあ、いいじゃない！」と言われたときの快《こころよ》さ。初めての方にお目にかかるときはそれなりにおめかししてというのがあるけど、親しい方に会うときもそうして華やぎを忘れず、人を驚かせ、自分も驚き、どんどん面白がったらいいと思う。

おしゃれしても、男の人はなかなか気づかないからはりあいがないわよね。だからと言って「はい。ごはんできました」と言うだけの毎日では、向こうも「おっ」と言う声は出しにくい。おしゃれは遊びだから。

せっかくあなたが「どお？」って言っても、向こうはうるさがって「なんや、仕事中や」とつれないこともあるでしょう。そこで「何よ！」とへそを曲げてしまってはつまらない。

「わかってます。わかってますけど、ちょっとだけ、こっち向いてパッと見て。パッとだけしか見せないから、私も」

「なんやもう、うるさいな。ほな、いくで。パッ」

男の可愛げはそういうとこにも出ますからね、向こうがのってきたら、しめたもの。

「……お前、そんな服着たことないやん」

「ふふ。お気づきですか」

「いつ買《こ》うたん」

そこかい！

「なんぼしたん」

せっかくびっくりさせてあげようと思ったのにもうええわ、なんてね。

「あのね、売れ残りやったの」

「うん」

「それでお値段がものすごく安くなってたの」

「うん」

「だから買っちゃった。ちょっと高めだったけど」

「どっちや。安いのか高いのか、ハッキリせい！」

こっちが気持ちを弾ませて面白がっていれば、「なるほど。そういうやり方があるんだな」と相手もわかってふくらんでいく。おどけの遊び。これが大事。こういうのはね、思いついた方が先にやればいいの。「あ！」と思ったら忘れないよう、ちっちゃな紙にでもパッと書いておいたらいい。

あとでそれ見て「何を嬉しそうに、こんなしょーもないこと書いて」と笑ってしまうような、ちいさな心の弾みは神様のお恵み。

そういう可愛らしい思いつきで世の中もうまいこと回っていく。

いつもと違う服を着るのは勇気が要るけど、そういうときは「絶対に似合う！ 大丈夫」と自分によくよく言っておきましょう。お店の人は「お似合いになりますよ」って言うでしょ。言われると、こっちも「そお？」なんてその気になる。あのテを使うわけ。自分で自分に暗示をかける。

そうすると、あら、不思議。こんなのは似合わないと思ってた服も似合ってしまうものよ。おしゃれは着た時の気分次第です。お試しあれ！

時代がどう変わろうと、心の中に
変わらないものを育てればいいんです。

好きなものには溺れよ

私が子どもの頃、若い男の人はみんな、兵隊にとられてしまった。旗を振って「お国のために」「行ってらっしゃい」と何度見送ったことか。

私の生家は写真館でしたから、出征する前に写真を撮りにくる兵隊さんもいっぱいいいました。どの人も凛々《りり》しい、いいお顔をしていましたよ。

戦争を知らない若い方たちにはとうてい信じがたいことかもしれませんが、日本国民が老いも若きも戦争に勝つことばかりを考えていた時代です。私もいっぱしの軍国少女でした。あの頃、大人気だった『敵中横断三百里』のような勇ましい冒険物語を読んでは、自分も女スパイになって敵陣を偵察したいと胸躍らせていたんです。

ところが日本が戦争に負けて、それまで信じきっていたものが、ことごとくひっくり返ってしまった。あれも嘘やった、これも嘘やった、これもかということになった。全部国がしたことだから、誰も「すみませんでした」「間違ってました」とは言わない。

終戦後のあの混乱した時代と震災後の今がよく似てるという人もいますよね。

なるほど、そうかもしれないと思う。

戦争が終わったとき、私は17歳だったけど、これしかない、これが一番正しいんだと思いながら自分は大きくなってきたのに、なんでやねん、どうしてくれるねんとびっくりした。ようもそんなことしてくれたなあと思う一方で、なるほど、こういうものかと目が覚めたような気持ちがしたんです。

それまではほかの考え方を持つなんて、ありえなかった。

これからどう生きていったらいいのか。

今思うと、そこで変わったんですよ、私たちの世代は。お父ちゃんお母ちゃんに面と向かって言ったりはしなかったけど「それ、おかしいんちゃうか」って子どもたちはみな、思ったと思う。

偉い人の話を一本調子にうのみにしてはダメだとわかった、という子もいたし、自分の頭でちゃんと考えられる大人にならんといかん、という子もいた。自分とは全然違う考え方でも、もっと視野を広げて、手を伸ばそう。そうして何が正しいかをよく見極めなければ。少なくとも、今の考えと別の考えもあるということくらいは知っておいた方がいい。それがわかっただけでもえらいこと。それが今まで出来なかったんですから。

もっともらしい考えをうかつに信じ込まないためには、好奇心を忘れてはいけない。だからといって、常に身構えて嘆いてばかりでは心が痩せていってしまう。

忘れもしない、戦争一色だったあの頃も、私は一生懸命、吉屋信子さんの小説を読んでいたんです。「このご時世にそんなものを読んでいては先生に叱られる」という子もいたけど、叱られてもいいから読まずにはいられなかった。だってあんまりきれいだったから。

きれいなものに心動かされたときはそれに溺れた方がいい。好きなものがあるというのは、なんと幸せなことか。何を食べてもわからない、何を読んでも面白くないというんでは地獄よ。

大好き大好きっていうのが最高の人生、どんなときもそれを覚えておきましょうね。

本当に好きなものに溺れると、中身をちゃんと見抜くことが出来るようになる。どうしてこんなに惹きつけられるのか、不思議だ、不思議だと思うから、もっと深く知りたいという気持ちがわいて勉強にもなるんです。

どんな時代であろうと関係ない。人は夢を見るもの。いい時代だから、いい夢が見られるというものでもない。小説もそう。自由でないと書けないというものでもない。戦争が終わって、いろんなことが嘘だとわかったら、なにくそと思って、今度はそれについての思いをまた描けばいい。どんな時代になろうと変わらないものは、自分の心の中に育てていけばいいんです。

私は吉屋信子さんの小説が好きで好きで、いつか自分もあんな小説を書きたいと思った。時代がどう変わろうと、その気持ちだけは少しも変わらなかった。

好きなものには溺れなさい。

役に立つかどうかなんて後回しでいいから、とことん好きになって味わい尽くすこと。憧れはその人を育てます。先が見えなくなったとき、迷ったとき、そうして溺れたものがきっとあなたを助けてくれますよ。

その年代その年代の若さがあるのよ。
年を重ねることで、輝いてくるものがある。

いい匂いのする人

とっても素敵な方だなと思う人って、どう言ったらいいんでしょう、匂いが違うんですよ。そういう人って深く蔵《ぞう》して外に開かずというところがあるから、ひと言おっしゃっても何かが違う。そういうのって、なんとなく肌でわかるものなんです。

その方の持ってらっしゃるものが、いい匂いとなって、ふわあっと漂ってくる。

ものの性質のよさというか、ああ、そうか。こういういいお顔をなさって、いいお声で、お話しになることはじっくりしていて、この人はこんなふうな熟成の仕方をなさるんだなって。実際にお目にかかってみると、肌身で感じるものがあるんですね。

それでついうっとり聞き惚れて、ぼおっとしたりして。

「あの……ちゃんと聞いてくださってます?」

「あ。はいはい。ちゃんと聞いてますよ」なんて。

人間には持ってる力の勢いというものがあるから。その方が何十年かかって培ってきたものが、たたずまいや言葉になってあらわれてくる。それが人間の力となって、じんわりとこちらに伝わってくるんです。

お考えになること、お話しになること、それから語彙《ごい》をどれくらいたくさん持ってらっしゃるか、そんなことを感じられるのも年を重ねてきた者の楽しさだと思います。

生身の人間というのはやっぱり、ものすごい力があるもんですね。会ってみないとわからないこともあるし、自分の思ってたのと違うというところを見つけると、それまでの印象がガラッと変わってしまうこともありますから。

この年になって、やっとわかったことがあるんですよ。

若さって、人によっても違うし、30代には30代の、40代には40代の若さがある。若さの質が10代20代と違うだけで、30代を越した方には越した者のよさ、きらめきがある。40代50代になると、またその年代その年代のよさがあって、私はそれこそが「若さ」というものだと思う。

だから「お生まれは?」なんて聞かないの。よその国の人みたいに思えるから。

「お若いのね」と言うだけで。私だって、まだまだこれからよって気持ちでいますからね。このぶんではよたよたになって、しわだらけになっても「これからよ〜。まだまだ〜」って言っていそう。

今は「いつまでも美しく」ともてはやされたりして、年をとることが敬遠したいことのように言われたりもしますけど、年齢を重ねるっていいことよ。面白いこと。

「人間60歳過ぎたら神様じゃ」

私の亡くなった夫が、よくそう言っていたんですけどね。

何がいいって、年とると、みんな、よく見えてくるんですよ、自分のすべてが。

この難しい性格……って自分で自分に言ってるのよ。「この性格でこの年まで生きてくるのは大変なことでした」って神サンに申し上げたら、神サンだって、きっと言うてくれますよ。

「いいですよ、そのまんまで。あんたはそういうとこに可愛さがあんねん」

これで私はよかった、って思うと思うよ。

これやから今まで来られたんだって思えるようになります。

それぞれの持って生まれたものを認めてあげられるようになる。

いろんな人と出会ったけど、そこまで悪い人はいなかった。人間っていうのはおもしろい。みんな、おもしろいと思う。もう会えない人もいるし、若い時には「このまま私の一生が終わったら、私には一生がなかったのと一緒や！　失礼します」、そう思ってパッと別れてしまった人もいたかもしれない。

「永遠に」「ずっと」ということに憧れてる人ほど、次の人、次の場所を求めていくのは不思議なこと。

いろんなことがあったけど、永遠にってことはありえない。

いいことも過ぎてしまうけど、しんどいこともずっと続くということはない。

つらいことばっかりだったって泣き泣きあの世へ逝く人もいるでしょうけど、それでもあれはよかったなというものを、みんな、ひとつふたつは持っていると思うから。

やりたいことやったらいいんですよ、短い一生なんだから。

自分の好きなことをしたらいい。

イヤなことはとりあえずさっとどこかへ置いておいて、あとでひとりになったときにもう1回見ればいいんです。おもしろいことを、先にやりましょ。そうして自分を喜ばせてあげないと。思い出すと口元がほころぶようないいこと、素敵なことを、いっぱいいっぱい集めて、いい匂いのする素敵な人になりましょう。

女の人は言葉を欲しがるけど、
男の誠実は言葉にはないのよ。

男の誠実

この頃は結婚したがらない男の人も増えているみたいですね。独りでいる方が楽という人やったら、結婚なんてややこしいもの、したいと思わないかもしれません。

昔は「結婚というのはこうあるべきもの」「妻子にはこうすべき」とい

うのが世間にちゃんとあったけど、今は人それぞれ。「各人の自主性におまかせします」ってことになってしまったから大変です。

だからと言って、結婚しないままいつまでものらりくらりとつきあっているだけでは女の人は困りますよね。こういうとき、男の人はよく言うんですよ。

「俺にも事情がある」

男の常套句ってヤツです。

敵もさるもの。いちいち言い訳するのもうっとうしいから、まずは逃げの一手に出る。逃してなるかと、さらに追いつめると「今、考えてる」。こうくる。これはもう、あかんと思う。今、出来ないことが一体いつ出来ると言うのか。絶対に出来ない。こんな人とずるずるつきあっていたら、しまいには女の子の方がどうにかなってしまうわ。

どんなに惚れた相手でも「待つ女」になったら、男にとっては重たくなる。女の方もそんな男に対してだんだんと愛情もうつろい、冷めていくのではないかしら。私の小説『愛の幻滅』の中でも、主人公の眉子の友達のみちるが言ってます。

〈何ぼやさしィてもだめです！　そんなんが百あつまったって、誠実になりません！〉

妻子ある男性と「いいときにしか会わない」関係を続けてきたけれど、だんだん、それもつらくなってしまったというわけ。

待つ身はいつだってせつない。そしてどんなに用心深く振る舞っていたとしても、そのぶん深いところで傷ついてるものです。そういう人につかまってしまったら、女の人はここらでバーンと切るかどうか、退《ひ》きどき、潮どきを……考えないと。

本当にあなたを愛してるなら、いつまでも煮えきらないことをするもんじゃない。私なら別れるなぁ。たとえ結婚しても、この先もっといろんなことがあると思うし、どうしてもと言うなら、子どもが出来ても女ひとりで育てるくらいの気概でないと難しいと思う。

まあ、そうなったらそうなったで、今は女の子の親が喜んじゃったりしてね。「ええやないの。もう、うちで育てれば」なんて言い出したりして。それでみんなが幸福にいくのなら、これも神サンが決めたことだと思って、「それもありか」と腹をくってみるというのも現代的かもしれませんね。

朝起きて、顔も洗わない人。ごはんを食べるときに「いただきます」も「ごちそうさま」も言わない人。いまどきはこういう生活の習慣が出来てない人もいますよね。あなたがもし「この人と結婚したい」と思っているなら、そういうところをちゃんと見ることも大事ですよ。

「うるさいなあ。いちいち『いただきます』なんて言うてられへん」

これで済んでしまう人もいるからね。いつ帰って来て、いつ食べたかもわからない。そういうふうに育った人は、帰って来て「ただいま」も言わず黙って食卓について、ごはんを食べても平気。だってそれしか知らないから。

「君が直したほうがいいと言うなら頑張って直すよ」

ここで、そう言ってくれるような人なら上々なんだけれど。

いびつな習慣は、知らず知らずのうちにその人の人生もいびつなものにしてしまう。ほんのちいさなことかもしれない。でもほんのちいさな習慣が、その人の人生を助ける力になるんです。こういう人はそのことを知らない。

男の人はなかなか本音は言いません。ええかっこしいだから、言葉に本音はのせない。

女の人は言葉を欲しがるけど、男の誠実は言葉にあると思わない方がいい。

そっと〝その人〟を観察してごらんなさい。

日常のちいさなふるまいに、その人の人柄があらわれるもの。かしこい女の子は何食わぬ顔をしてそこでこっそりその人の誠実さを判断したらよろしい。

人間は知らずに名言を吐く。これを心にとめて生きる知恵として、交換しあいましょう。

女友だち、男友だち

大人になると友だちが出来にくいと言うけど、本当のつきあいなんて、そんなに簡単に出来るものではありません。

女の人は女の人同士、気の合う人としかつきあわなかったりもしますよね。自分が思っていたのと違うと「あんな人とは思わなかった。キライ」。

ぷいと横向いて、それ以上のことは観察もしない。男の人の方が世間に揉まれてるせいか、人慣れしてよく見てますよ。年上の人にはやはりそれなりの味があるし、くたびれたということはそれだけ大変な思いをしてきたということでもありますしね。そういうのをよく観察してる。なんとなく敬遠されちゃう人にも、事情はあると思う。

つっけんどんに見えるけど、本当は恥ずかしがりなのかもしれない。みんなが嫌いって言ってる人でも、私がおしゃべりしたら普通のおじさんだったってこともよくありましたね。

「あの人はああいう顔つきしてるけど、あれが普通の顔やねん。普段は怖い顔して滅多に笑わないけど、あれでものすごい気がええねんよ」

「へえ。ほんと?」

女同士のおしゃべりも楽しいけど、たまには男の人の話も聞いてあげると勉強になりますよ。そうか、男の人はこう考えるのか。女はこうよ。お互い言い合ったりして。面白いのは男の人って、自分の話を人の話のように言ったりするのね。男の人の方が本当のことが言いづらいのかもしれない。まあ、それはどっちも一緒かもしれません。人間、本当のことなんて、そうそう言えるもんじゃない。

人と仲良くするには、その人がなさっていたこと、言ってくださった言葉を心の内にしまい込んでおくというのがありますね。

「あのときはありがとう。あなたの言葉ですごく気が軽くなったのよ」

「あら。そんなこと、私、言いましたっけ?」

こっちがお礼を言う頃には、向こうは忘れていたりする。いい言葉をつい口に出すなんて、なかなか出来ないこと。もしそれが出来たとしたら、それはいつもいつも考えてらしたことなのよ。それがスッと口に出た。

〝できあい〟の言葉じゃない。その人自身の生き方、身の処し方から自《おの》ずと出た言葉だから、ハッとするものがあるんです。

人は知らずに名言を吐く。

ああ、いいこと言ってくれた。それを交換しては〝生きる知恵〟として、その先を生きていく。


はらわたがきれいなだけでは世の中は渡っていけない。

きれいなことだけ思っていたいと思うけど、腹の立つこともある。人に言うべきことではないが、自分としては持っていなければならない。そういうこともある。人が聞いて快《こころよ》くない言葉は、やっぱり口にするべきではない。でも好きな子が意地悪な言葉で意地悪なことを言ったときに、私、大笑いしたことがあるの。悪い言葉でも、それがおかしみになることもあるからね。

あれは悪口じゃなくて、愛の一種だと思ったから面白かった。

悪口言いたいときもあるでしょう。

「あったまきた、あの人とこの話をしよ。あの人だったら、わかってくれる」って言えるのは、やっぱり気心の知れた者同士。「こんな言い方、あると思う?」って言ったら、相手もそれで勢いを得て「そうよ。そういうとこあるのよ、あの子は!」って。怒ってたはずが、みんなで笑って笑って「あー。気が済んだ」「もういい」。胸のつかえがとれることもある。

でもまあ、人の悪いところだけ見つけあってもしょうがないしね。いいなあと思って褒める人になって欲しい。男も女も。

うっかりしたこと口走って、相手を傷つけてしまったなあと思ったら、そういうのも心の内に刻んでおいて、自分への戒めとする。

そうして時には自分で自分を変えて、相手の中にも何かを見つけ出し、そういうものをどんどん、どんどん、しゃべりあうようになって友だちになることもあるかもしれない。「ああ。せやな」ってお互いに言えるようにならないと。

親友は人が気づかないこと言ってくれたりしますから。ちょっと言われたことが胸にこたえるのも親友の間だけ。そういうことを言いあうための友だちですよ。

最近あんまり笑ってないなあと思うなら、どこか油が切れてるんだと思う。友だち同士、ちょいちょい油を差しあって、お互いの重い荷物を軽く、持ちやすくしてあげましょう。

心の内がパッとあらわれたとき、人は一番きれい。
ほんとのほんとの気持ちは絶対に通じます。

気持ちを伝える

この頃は「おひとり様」とか「ひとりごはん」という言葉が流行ってるとか。

いっぱいそんな店つくって「いらっしゃい、いらっしゃい。おひとり様？どうぞどうぞ」なんて言ってるから「ま、これはこれで居心地いいから、いいか」って気になっちゃう。ひとりでいる方が身軽、たしかにそうかもしれません。でも、ひとりごはんより、ふたりごはんの方がおいしい。ふたりごはんが一番おいしいんじゃないですか。

年を重ねれば、恋愛にもだんだん臆病になる。その気持ちはわからないでもない。けど、人間に対する好奇心まで失くしてしまってはいけません。「あのときはすごいおかしくて笑ってしまったけど、いい思い出だわ」ということを、出会った人ともっともっと分けあって楽しんでいかないと。それこそが生きてる値打ちってものですよ。たまにはケンカもするかもしれない。でもケンカをするのもおもしろいやん。そう言えるような相手なら言うことなし。

ケンカもしないであたりさわりのないことばかり言ってるから、誰かといてもつまらない、おもしろくならないんですよ。そうかと言って「この人を恋人にしてやろう」とか「結婚してやろう」とか最初からそういう下心があると、せっかくの出会いも愉《たの》しめない。それに制約されて、本当の気持ちなんて出てきませんから。

その人の本当の気持ちが出たときが、一番きれいな言葉が出てくるんだと思うの。その人の魅力が輝いて見える。

あれこれつくろって自分ではうまいことやってるつもりでも「そういう気持ちではええもんは出てきませんよ」、神サンも気を揉んで見てはるんじゃないかしら。

かけひきでどうにかなるほど、人間の心は簡単なものと違います。そんなことで思い通りになるような相手だったら、逆に「なんだ。つまらない」って侮《あなど》ってバカにすると思うわ。

いまどきは「草食男子」と言って、男の子も受け身の人が多いんでしょ。

あれは私、女親が甘やかしすぎたんだと思う。あれもこれもお母さんにやってもらったから、やってもらうのが当然みたいに思ってる。もうちょっとしっかりしないと女の子なんて手に入りませんよ。昔は男親が厳しかったから、男の子がハッキリしないと叱られたりしたものですが、今はそれがないから。女の人みんなにも言いたいわ。これからの女性にはいい男の子を育てる義務がある。

いい男がいないって言うけど、いるんですよ、本当は。見つけ方が足りない。

失敗は成功のもとでね。以前なら何とも思わなかった人のいいところがわかるようになったりするものです。つらい経験をすると幻滅したり、何かに期待する気持ちを失いそうになるけれど、ときめきを忘れてはダメ。

人間と人間だったら、相手のことを「ちょっといいな」と好意を抱いたり、そこまではいかなくても「嫌な人じゃないわ」とか「いい人みたい」とか思うでしょ。まずは思うだけでいいの。相手に言わなくても「あの人いいなあ」と思ってたら、その気持ちは匂いますから。香水みたいなもので、いい匂いは必ず相手に伝わります。ときめいている気持ちが。「それにしてはずっと前からあの人にモーションかけてるのに全然通じない」という人がいたら、それは自分が隙を見せないからですよ。「隙を見せない」なんて言うといかにも相手を釣るみたいだけど、自分が本当の気持ちを見せないから。

お上手か、本気か。「そんなのわかりますよ」って人がいるけど、それはまだ若い。年いったら、嘘でも心を込めて言ったら、どっちがほんまかわからんようになる。

「すぐわかりますよ」って言うようなやわなものと違いますよ、人間の心の構造は。

口ではああ言ったけど、あの人、あんな一生懸命な顔して……とかね。人間ってかしこい生き物だから、口に出さなくても表情ひとつでわかってしまう。人間の尊いところはそこだと思う。好意があれば、なおさら自《おの》ずとにじみ出るものがある。

何も大きなことや長い言葉を言ったわけじゃないのに「なんていい人だろう」って心に残ることがあるでしょう。こっちが「ええと、それで」と言ったら「それで?」と言ってくれたりして、相手の優しさが感じられることがある。男の人の気持ちをなにげない仕草が教えてくれることがある。向こうにしても、それはきっとおなじ。

ほんとに、ほんとに思ってることは絶対に伝わると思いますよ。

その人の心の内がパッと言葉や表情にあらわれたときが、人は一番きれいだから、余計なことは何もしなくたって相手の心を打つんです。

男はみな、可愛い。いいところを
引き出すにもコツがあるんです。

男の色気

どんな男がいい男なのかって言ったら、私は色気のある男が好き。会社勤めをしていた時期が長かったので、男の人たちをよく見た。とは言っても、特別いい男、悪い男ではない。普通に会社に行って、普通に働いている、ごく普通の男たちのことを。

「あんた、あたしとはようしゃべるのに、みんなとはしゃべらないの?」

「俺はしゃべってもいいけど、みんな、あんまり聞いてくれよらへん」

「そんなことない。あんたの話、面白いよ。あたし、今までに2回笑った」

「2回だけか!」


けど、こっちも知らんような言葉でもったいぶってしゃべるより、自分の知ってる言葉だけでいいから堂々としゃべる方が素敵よね。

東京と大阪で言ったら、東京の人は「東京弁は人類共通の言葉」と思ってるとこがあるけど、大阪の人は「大阪弁でどこが悪い」っていう厚かましいとこがある。

「これで通らへんはずがない」っていうね。それがちょっと型破りの面白さにもなるし、大阪人は人をまるめるの、早いんですよ。

言葉数を知ってるのは東京の人。大阪の人はそんなに手持ちはあらへん。

そんなんでよく口説けますねぇと思うけれど、用い方がうまいのね。

お嫁さんがお姑さんとケンカして、ぽんぽん怒ってたとしても、どっちの味方もしないで、うまいこと言い抜けたりする。東京人は白黒ハッキリさせたがるけど、大阪人は人の調停をするのに慣れてる。何か腹が立つことがあっても、気を散らすのがうまいの。もともと大阪弁にそういうとこがあるんでしょうね。

単に笑かそうというだけじゃなくて、耳慣れした冗談をちょいちょい入れたりして、柔らかに柔らかに持っていこうというのがある。相手を傷つけないよう、労《いたわ》るところがある。なんでそれが出来るかって言ったら、つまり人間にものすごい興味・関心を持ってる。

これが人間の色気、男の色気になるんだと思う。

「人間は世間に揉まれなくては、あきまへん」って訳知り顔で言う人もいますけど人って案外忘れてしまうんですよ、えらい目にあっても。いつまで経っても「自分は大人や」って自覚もせんと「何言っとんのや、アイツ」で済ましてる。何もかもうまくいった、俺を見てくれなんて男、見る気にもなれない。

「ああいう人もおるんやな。俺、もっと勉強せないかんな。またひとつ、勉強した」

そうやって言うに言われん気持ちを心の底の底にいくつも抱え込んでいるのが大人の男というものです。

男の人は〝顔で笑って心で泣いて〟というところがありますから。

女の子も、見てくれや条件に気をとられずに、男の人のそういうところをちゃんと見てあげないと。何にも難しいことない。あったかい気持ちで見守ってあげたらいいんです。「ああ、この人、こう言ってあげると機嫌がいい顔するなあ」とかね。案外正直に顔に出るから。覚えておいて、ちょっとしたときになにげない言葉をかけてあげたらいい。

「大変だったね。あの課長はキツイから。でもあんたはこらえる力のある人やから」

「……わかる？」

「あったりまえやないの。今だって誰もおらへんときにやっと私のそばに寄ってきたでしょ」

「うん。それはやっぱり人に聞かれるの、嫌やから」

「あたしがいてて、よかったねえ」

「うん。いや、ほんま、ありがとう」

言うに言われん気持ちをいっぱい抱え込んでるのが「いい男」なら、そういう男心の機微をちゃんと察してあげることが出来る。これこそが「いい女」ではないでしょうか。相手の心を変えさせ、気持ちを変えさせるのも言葉ひとつ。いろんな言い方を溜めておいたらいいんです。

「そう思うのはやっぱり女やからで、男はそうは言えません」、こういう男もいます。でも、男の可愛らしさはそういうところにある。女だったらおもしろがるところを男だから怒ったんだなぁということもあるかもしれません。

慰め方でも男と女では違いますよ。男はぶっきらぼうで何にも慰めてくれないようだけど、いつもはしないことをちょっとやってくれたりね。

男と女は発想が違う。そこがもう、可愛い。男はみな、可愛い。〝お腹の底〟にいろんなものをしまってあるから、いいところを引き出すにもコツがあるんです。これは女の子だけの秘密にしておきましょうね。お手柔らかに。

子どもっていうのは知らん間に大きくなる。
〈家族〉は笑いながら見る夢のようなもの。

しあわせの記憶

子育てっていうのは本当にあっという間ですね。子どもたちもそれぞれに家庭を持って独立した今となっては、あの可愛い子たちは一体どこに消えちゃったんだろうって。そう言うと周りの友達はみんな、笑うけれど、ほんとよ。あっという間。

住んでる場所もいろいろだから、そんなにしょっちゅう会うわけにもいきません。

「おいしいものあるよ」って言わないと来ませんよ。それはまあ、冗談としても、電話で「元気?」って言いあったりしてるから、それで十分じゃないかって。大人同士、1年にいっぺんくらい元気な顔が見られたら、それでよし。

思い出すのは子どもたちがまだうんとちっちゃかった頃のこと。

作文で書いたお話が面白いからって教室でみんなの前で読むことになった、あれはどの子だったか。

「ここに立って読んでください」、先生に呼ばれて「やだ」、逃げて帰ろうと思ったんだって。「あの子がこんなの書きましたよ」、嬉しくなっておっちゃんに見せに行ったら、おっちゃんは照れ隠しなのか、「わしの酒、どこや」。

我が家が明るい家族だったのはおっちゃんが明るい人だったからでしょうね。

心にごちゃごちゃしたものがない人でしたから。

「あのな、子どもたちに聖子おばちゃんって呼ばせるんなら、わしはあんたのこと、なんて呼んだらいい？」

「お父ちゃんは今まで通りでええよ。おーいって呼んだらすぐ行くから」

「犬やあるまいし！」

人を笑かすことが好きで、でもちゃんと自分なりの考えを持ってる人だから、怒るときは子どもたちにもバッチリ怒ってましたよ。頭から一喝するんだけど、怖い一喝ではないの。子どもたちもお父ちゃんのことが好きで好きで、お母ちゃんを早くに亡くしてるのに素直に育ってるのは、お父ちゃんのおかげだと思うわ。

それこそ子どもたちがちっちゃかった頃は「聖子おばちゃん、話聞いて」「待って。僕が先」「あたしが先」、朝から順番待ち。

「はいはい。じゃあ番号一番の人から聞くよ」

「一番の人はいません」

「どこ行った?」

「おしっこ」

そこへおっちゃんが来て「お前ら何笑うてるねん」。

そうして、お待ちかねの朝ごはんになれば、今度はおっちゃんが、

「僕、これ要らんけど、誰か要る人ある?」

「ちょうだいちょうだい」、子どもたちにまじって、私も「ちょうだい」。

「ほんなら図体の大きい人からあげることにしよか」

子どもに比べたら、どんな人でも大人の方が大きいから、子どもたちが恨めしそうに見てる。

「うそうそ。これはまず体のちいさい人に」

「はいーっ」、一番ちっちゃい子が嬉しがって、まずもらう。

小学生くらいの子が自分の舌がまわる限りで一生懸命しゃべると、これがまた面白くてね。「わかった？」、えらそうにこちらに聞いてくるわけ。「わかった」「なら、よろしい」。私が笑うと思うから、向こうもそんな言い方をするんです。「なら、よろしい」って。これが笑わずにおられようか。可愛くて。

「聖子おばちゃんは何言うても笑う」

よくそう言われました。だって、みな、優しかった。毎日うんとしあわせで、朝から晩までわっちゃこらさ。

けど、子どもっていうのは知らん間に大きくなる。何かもの言わんようになったと思ったら、大きくなってる。家に帰ってきたら、いちいち今日はこうだった、ああだったって言ってたのが、上の学校に行くようになるとそんなこと誰もしなくなる。

いつの間にかひとり出て行き、ふたり出て行き、早く結婚した子も、ゆっくりの子もいたけど、どっちでも全然かまわなかった。

「あんたが結婚しようって人にめぐりあったときにすればいいし、好きにしたらいい」

「それがな、なかなかめぐりあわへんし。でもかまわへんよ。ここのごはんもおいしいし」

子育ては大変なこともあるけど、笑うこと多々ありき。家族というのは夢のよう。笑いながら、笑いながら過ぎてしまいました。

食べさせる喜びを知ることが上達法。
笑いの絶えない食卓は勇気のもとです。

いちばんのごちそう

私の小説を読むとおなかが鳴ると言ってくださる方がいるのは嬉しいことです。岡山生まれの私の母は、大阪の父のところに嫁いできて驚いたらしい。と言うのも父も祖父も祖母も食べることをとても大事にしていたから。

祖父の代から大きな写真館をしていた我が家では、お弟子さんの青年もあわせると20人はいようかという大所帯でした。私の少女時代はちょうど写真の新しい技術が次から次へと出てくる頃だったので、地方で写真館をしている家の子が、大阪で最先端の技術を学ぼうと修業に来ていたんです。父も祖父も若い人を育てるのが大好きでしたし、若い子たちもみんな、一生懸命勉強していました。とはいえ、その子たちのお手伝いをする母は大変です。みんな、食べ盛りですから、お米を炊くときも大きな釜で一度に2升も炊いたんですよ。

「おいしいものを食べさせんと、人はいのいてくれない（動《いの》いてくれない）」というのが祖母の口癖で、当時の田辺家には月に2回、ごちそうの日がありました。その日は家族も従業員もそろって大きなテーブルを囲んで、ハイカラなカツレツを食べたりした。毎日ごちそうが出たわけではないけど、

「田舎に帰ったら、私もここの家みたいな食堂をやろうかしら。そうしたらきっと流行ると思うの」。そう言ってくれた人もいたくらい。

食卓にはいつも笑いが絶えることなく、それであんなにおいしく感じたのかもしれません。とにかく祖父が楽しい人で、おしゃべりをしてはみんなを笑わせていました。若い子たちも、みんな、陽気でね。誰かの笑い声を聞くと、私も走っていって「何笑うてた?」と聞いて回ったものです。

そうしたらあるとき、父が言いました。

「せいちゃん。どうしようもなく腹が立っても、晩まで腹が立っていたことがあったか」

「ほんまや。ないわ」

「せやろ。地方から来た子らがみんな、ここに集まって、なんでこんなに笑うてると思う?」

なんでそんなことを聞くんだろうと思いながら、私は答えました。

「うちはいつもこうやから、よその家もこうかと思ってました」

「あのなあ、まだ何も出来へん子もいるけど、そういう子もここに来たら一緒になって同じもん食べてみんなで笑う。そういうことがいちばんの勇気のもとや。笑ってるうちにな、〝ああ、そうか、こう言えばええねんな〟って何も知らん子がひょっとして知るかもわからん」

笑いながらでも人は学ぶ。そのことも、みんなで囲んだあの食卓から教わったと思います。おいしいものを食べて、気のおけない人たちとワハハ笑う。そうして人はまた「頑張ろう」と思う。

戦争で写真館が全焼してしまうと、心の支えを失くした父はあっという間に亡くなってしまった。家が傾くというのは大変なことだと思ったのはあのときでした。

「こんな商売はこりごり。人の世話だけで大変」

母も口ではそう言っていたけれど、あの写真館の賑わい、みんなでわいわいとおしゃべりしては笑いあった食卓の熱気というのは忘れようったって忘れられるものじゃない。平和な時代ならいずれ弟が継いでいたと思うのに、それも叶わなかった。

時代も変わったけど、我が家も変わった。母がすぐに働きに出てくれて、私も何かしなければと料理というには口はばったいけど、それらしきことをするようになりました。

「これ、何？」

「何って、魚をたたいたのよ」

「こんな高いたたき、初めて食べたわ」

「そんな高いことありません」って言い返したものの、自分で買ったのに、その魚がいくらしたのかも覚えてないの。

「ごめんなさい。本当はいろんなもの、いっぺんに買ったから、これ、なんぼするかわからないの」

最初は本当にそんなところから始めたんですよ。

「まあ、100年くらい経ったら出来まっしゃろ」なんて笑われながら、だんだん、だんだんだん覚えていったんです。

子どもの頃からずっと住み込みで働いてくれていた人がいて、その人に「これ、どないして煮ますの？」って教わったりもしました。その人がお嫁に行くとき「私がいなくなったら、みなさまどうなさるんでしょう」って泣いて、私も本当に心から泣いたけど、そうせないかんとなったら、人はなんとかやれるものです。

母は堅実な人だったので「そんな切り方をしてはいけません」「そうい

うことをしてはもったいないのよ」ってことを教えてくれました。「よう出来てます」って言われると嬉しいから「よう出来てるって」ってふれ歩く。食べさせる喜びを知ったことが、いちばんの上達法だったかも知れませんね。

おっちゃんと結婚するまでは、私、お酒もそんなに飲めなかったのよ。けど、おっちゃんはよう飲むし、それで「ちょっとだけいただきます」って飲んでるうちに飲めるようになったんです。今でもお酒はときどきいただきます。ときどき、っていうか毎晩？　少しだけね。好きなものを用意して、おいしくお酒を飲むと、やれやれ今日も一日終わったなあと思う。どんなに忙しくても、とりあえず何かを口に入れるというのではわびしい。「これをしたら喜んでくれる」と思いながら、あれこれと気を配り、手を動かすのは心弾むこと。思えば結婚したあとも大家族で、仕事も大車輪でしたから、パパッと大人数の料理をつくるのも大得意になった。戦争で、一度は失くしてしまったと思ったあの賑やかな大家族の食卓が、いつの間にか還ってきた。これは嬉しかった。だってそれが夢でしたから。

「今日はえらいからいいなあ」

「ほんとう？　ごめんなさい」

うまく出来ても、出来なくても、一緒になってワハワハ笑う。そんな笑いの絶えない食卓がつくれたら、それが何よりのごちそうではないでしょうか。

恋は出来心。あたりさわりのない言葉より
軽はずみなひと言が効くこともある。

片思いの処方箋

私は今でも本を読むのが大好き。本で言葉を覚える。言葉で、そのときの心の持ち方を教わる。「小説はみなさまのお役に立ちます」って私はよく言うんですが、読書の楽しみというのは何も知識や教養を蓄えるためだけにあるんじゃないんですね。

「ああ。そうか。こんなにくたらしいこと言われて、どう答えるのかと思ったら、うまいこと言うなあ」とかね。自分であらためて考える材料になるから。いろんな本を読んでいると、人と接する時もそういうことに敏感になる。

言い方も大事。でもそれ以上に、相手は気迫によって感じるものがある。子どもだって、そう。わからなくたって「そっかあ」と思う。怒るときも本気で言うたら必ず伝わります。伝わらないのは口だけで言うから。小説は、そういう人の心の機微というものを教えてくれるんです。

振り返れば、私が神戸で開業医をしていたおっちゃんと結婚したのは37歳のときでした。

こっちは芥川賞をもらったばかりの忙しい盛り。向こうは4人の子持ち。

こんな苦労がありましたって話そうとしても、話してるうち、いつも笑い話になってしまうのはどうしたことでしょう。

おっちゃんとは本当にようしゃべった。まず、しゃべりから入ったの、私たちは。どんなに仲がよくても、お互い、しゃべってると「クッソー」って気持ちになることもありますよね。その「クッソー」を私は隠さないで出すから、向こうも余計に面白がった。な〜に面白がってんねん！　くやしいから怒らせてやろうと思っても、おっちゃんの方がすこーし、うわて。

「けったいやなぁ。朝からみんなで何笑いころげてますのん」

「さぁ。笑かすようなこと、何も言うてませんけど、私」

言いたい放題のかけあいに、子どもらまでドッと沸いて笑いころげてばかり。

しんどいことも、漫才にして笑い飛ばしてしまえば、それで済んでしま

います から。

きれいな子はとりすましてしゃべらなかったりするでしょ。あれはその方が得だって思ってるのかしら。たまに、ごほうびみたいにホホホなんて笑って「アナタって面白いのねえ」。これで男はイチコロ。「なかなか正直な子ゃないか」なんて、まんざらでもない気になったりして。最近の女の子はみんな、可愛くて魅力的だから、男の人はもう、張りきってしゃべらずにはおれないことでしょう。「ねえ」って言ったら「はいっ」って飛んでくると思うわ。

不思議なのはこれが初対面かしらってくらい仲良くしゃべってるのに、一番言いたいことが言えないで、いつまで経っても片思いだったりすること。

男の人って鈍いから、ちょっとやそっとのサインじゃ気づかない。そのサインを敏感にわかる男は、だいぶ女の人を泣かせて学習してきたんでしょう。しかも男の側は、自分は言ってるつもりでいる。「あれでわからんはずはない」と思ってる。わかるわけがない。何にも言葉にしてくれてないのに、わかってたまるものですか。

あたりさわりのないことはしゃべるけど、お互いかっこつけたまま〝言葉惜しみ〟してる。それで両者見合ったまま、堂々めぐり。

恋なんて、出来心なんだから。

そつなく振る舞ってらちがあかないなら、いっぺんぶち壊してみればばって思うわ、こっちから。へたに悩むより「いたずらしてみよう」ってくらい軽はずみな方がうまくいくこともありますよ。

向こうもそこまでいい男じゃないし、こっちもそこまでいい女じゃないんだから、なんて腹をくって面白がるような気持ちでやってみたらいい。

こっちが一生懸命踊ってるのに、向こうがじーっと黙って見てるってことはないと思うの。「けったいなヤツやなあ」って、ふたりで言いあえるようになったら、どんなに楽しいか。踊る阿呆に見る阿呆、同じ阿呆なら踊らな、損です。

まあ、私も人のことだから、そんなふうに言えますが、言えないまま、横から別の子が持っていく。そういうこともあるでしょう。自分が変われないなら、それもまたしょうがない。それはそれでよかったと思えるようになります、いつか、年とったらね。それまでは言うも言わぬも逢う坂の関。

そんな急に小説に書いてある通りにいくかいな!

こう思って、恋の丁々発止を楽しみましょう。

大阪の人は挨拶の達人。言葉惜しみせず
のせてのせられ、旧交をあたためたらいい。

挨拶は人生の勉強

年の瀬は懐かしい人にお目にかかる機会も増えますよね。

「田辺さんと違いますか?」

声をかけられても、とっさに名前が出てこない。

そんなとき、どうしますか。

「あ、聴いたことある声だと思った」

「名前、忘れたんでしょ」

「そんなことない」

言い返すけど、思い出せないの、本当は。だからと言って「忘れました」では味気ない。

「○○です」

「あ。そうそう、美人の○○さん!」

「はいはい」

「いやー。美人ってつかな、思い出されへんかった。まあ、ちょっとそこらへんでお茶でも飲みましょう」

こんなふうにうまいこと持っていけるといいですよね。これなら、言われた方だって悪い気はしない。ちょっとした言葉づかいで印象はまるで変わってしまうもの。とっさの挨拶にこそ、その人が出ます。どんなときも、相手の方への優しい気持ちを忘れないようにしましょうね。

「よう思い出してくれました。ありがとう」

「こちらこそ、お忙しいとこ、お引き止めしてすみません」

こういうひと言が言えるかどうかで、いろんなことが違ってくるんですよ。

大阪の人はこういうやりとりが上手。ああでもない、こうでもない、いつまでも行ったり来たり出来る。これをもっとみんなに教えてあげたらいいのにね。ひょっとしたら英会話を覚えるより役に立つかもしれません。

「へえ。べっぴんさんですねえ。まさかこんなに若くてきれいな方とは思いませんでした」

初めて会った人にも、さらっとこれが言えるのが大阪の人。東京の人は

「そんなおせじみたいなこと、言えません」ってスマートに振る舞おうとなさるけど、こういうのはおせじとは違います。いまどきはそっけない挨拶しかしない人もいますけど、せっかく親しく生まれてきたんだから、言葉惜しみするのは本当にもったいないこと。笑いながら、面白がりながら、相手をおだてて、いい目を見せて旧交をあたためていったらいいんです。「あなた、昔よりずっと優しくなった」とかね。こう言われて悪い気がする人はいないでしょ。

久しぶりに会ったら、相手の受け答えにも流れるような感じがあって、なんとなく言葉が出やすかった。それは会わない間にその人も成長したからですよ。そうでなければ、せっかくの再会も「ちょっと私、急いでますんで」とやり過ごしてしまったかもしれない。挨拶に応じるというのは、短いやりとりの中にお互いの成長を感じ取ることでもある。

反対に、気がついているのに、すーっと素知らぬ顔ですれ違うこともあるかもしれない。気づいていないようで、案外、向こうも気づいているものです。何か理由があるんでしょうね。大人になったら、そういうことも慮《おもんぱか》ってあげないとね。

昔の知りあいに顔を合わせたくないこともありますから。向こうの羽振りのいい噂を聞いて、自分は冴えない状況で、会っても、ものは言われへん。そんなときに無理に引き止めてどうしますか。

この人は話したいと思ってる人か、逃げたいと思ってる人か、そこを判断してあげないと。言うに言えない相手の気をわかってスッと退《ひ》く。これが出来るのが大人です。誰も彼もつかまえて「ねえねえ。聞いて」と言うのは子どものすること。「何かあったの?」って問いただすばかりが能じゃないのよ。「ああ言ってあげればよかった」「こうすべきだった」と悔やむのは、若き日の一日のこと。あとになってみれば「言わなくてよかった」「黙っててよかった」と思うことの方が多いものです。

今でなくても、いつかまた話せるときもある。

「あのときはくやしかった。何べん考えても泣ける」「教えて教えて。そしたら、もういっぺん思いきり泣けるやろ。泣いたらええねん。そんなときは」

こう言って笑い話に出来る日がきっと来るから。

「お久しぶり」「お元気そうで」、なにげないやりとりの底にいろんな気持ちが含まれている。社交辞令と侮《あなど》るなかれ。挨拶は人生の勉強でもあるんです。

ひとりで頑張らないで。出会いを活かす〈行き合いの達人〉になりましょう。

頑張りやさんのあなたへ

今は女の人も、男の人と肩を並べて仕事をするようになって、ますます頑張ってらっしゃる方も多いのではないかしら。とは言え頑張りすぎて、中には体を壊して休職される方もいるというから大変です。

頑張る人って、すごく人がいいのよ。喜んでもらいたいという気持ちが人一倍強い。女の人のいいところではあります。ただ、何もかも自分だけで抱え込んで、くたびれ果てては何にもなりません。

「あの子だったら、このくらいの残業、頼めばすぐにやってくれるよ」あてにされるのはいいけれど、それが度を越して侮《あなど》られるようになってはいけない。頼む方は厚かましいとは思ってないの。「やってくれるなら、これくらいはいいかな」って思ってしまうのね。

これが当たり前になっては、あとから来る後輩も大変です。みんなでおしゃべりしあって、ひとりで頑張るということがないようにしましょうね。

私も金物問屋で長いこと事務員をしてましたけど、会社に入ってまずご主人に言われたのが「お客を笑わしなはれや」ということでした。さすが大阪の商売人。相手をどのくらい笑わすかで売り上げまで変わってくるというんだから、みんな、口八丁手八丁。商売の面白いところも、厳しいところも、いっぱい見ました。

「なんで、みんな、こんなによく笑うんですか？」

ある時、私が訊ねたら、ご主人が言いました。

「それはあんたの思い違いや。笑うんじゃない。笑かすねん」

営業先で話をするとなったら、気も使うし、神経も張るものです。最初は世間話だってままならなかったのが、一生懸命しゃべったら、お客さんの顔つきがだんだんほころんできて「せやなあ。そういう考え方もあるなあ」なんて言われたりすると、ものすごく嬉しい。なんで嬉しいかっていったら、うまいこと口で言い負かしてやったというんじゃない。相手の心の内に入れてもらえたのが嬉しいのね。それには「笑かす」のが一番。

ひとつの商品を売り込もうとしても「そんなん売れへん売れへん」、頭ごなしにこう言われることだってある。そこを「いや、最近これ、ちょっと変わってきたんですよ」って言えば「変わってきたって、どこが?」ってなりますよね。うまい営業の人は、そうやって流れを止めない言葉の使い方を心得てる。そのためのいろんな言葉を知ってるし、何を言ったら気持ちが動くか、ちゃんと相手の顔色を見てますよ。自分だけでいっぱいいっぱいだと、これがなかなか出来ない。

いい流れは、そうやって出会った人と一緒につくっていくものなんですよ。ひとりでがむしゃらに頑張ればいいというものじゃない。出会った人と持ち札を交換しあいながら、いい流れをつくっていくこと。これを〈行き合い〉と言うんです。

人の個性というのは不思議なものです。同じ言葉でも違う人の口から発したら、また違うように聞こえる。ぶつくさ言ってても、その中に真実味があったり、優しさが潜んでることもあるから。それを可として「いいところもある」って思わないとね。難しい人もいるけど「腹の底では何考えてるかわからない」と一刀両断にするんじゃなくて、そういうのも見越した上で、人間を面白がったらいい。

自分としては精一杯頑張ってるのに、自分の頑張りが周りの人に伝わらない。自分の悲しさ、つらさなんて誰もわかってくれないと思うと、人はいつの間にか何にも言わなくなってしまう。キツイ言葉で叱られて、落ち込むこともあるでしょう。

そんなとき、誰かが「気にすることない。あれはあのおっさんの癖やねん」、こう言ってくれたら、気持ちの流れが変わりますよね。「癖？　あの人、誰にでもあんなこと言うの」なんて。ひとりで考えるより、言葉が行ったり来たりした方が突破口が見えてくる。「なるほど。それもあるか」、こう思えたらしめたもの。

失敗を認めるのも勇気が要る。けどダメならダメでそこからまた始めたらいい。あかんもんはあかんと認めることでラクになることもあるからね。男の人は自分でもそう思ったら「言えてる」って認めますよ。女はこれがなかなか言えない。

聞く耳を持つって大切なこと。

新しい言葉をひとつ覚えることは、自分をひとつ新しくすることよ。「あ、おもしろ。耳にまた穴あいた」、いい出会いにはこれがある。

若いときは失敗するし、しくじる。誰だってそうなの。出会うのが人生よ。人生は出会いがつくっていくもの。「自分はひとりだ」と嘆いていてはもったいない。お互いのいいところを見つけあう〈行き合いの達人〉になりましょう。

ここが行き止まり？　いや、そんなはずない。

どこにでも必ず抜け道はあるから。

人生は出来心

まだ会社にお勤めしていた頃の話です。

上の人に叱られて泣き泣き帰った子が、翌日休まずに出てきて、

「いいお天気ね」

「ほんと」

もうその声で、その子なりに一生懸命やりよったんだなあ、えらかったなあと思うけど、そんなん言われへんし。

「よし。頑張ろうな」

心で思って、肩だけ叩いてあげた。誰かが見てたり、知っててくれたりすると、それだけでその人の力になったりすることがありますよね。「元気？」「大丈夫か」「昨日は大変だったね」、私もそんな短い言葉にどれだけ助けられたか。

気持ちを伝えるって難しいことで、なかなかうまいこと伝わらない。でもそう思ってるっていうのを表情ひとつだけでも見せてくれると、ちゃんとわかるものです。ああ、この人、いい人だな……とかね。その人の感じってありますから。

いい人だけど、なんだか今日はもんちゃくがあるみたいで、ぱらっと愉快になられへん感じやわ、あんまり触らないでそっとしといてあげましょうって気が働いたりね。そうしたらあとでご主人の具合が悪いってわかったりして。

こういうのは誰にでもある才能だと思う。でも「私は人を見抜くわ」って自分で思ってる人ほど、言ったら悪いけどその才能がない。気を働かすっていうのは超能力みたいなものと違いますよ。相手のことを察して思いやる、優しさのこと。

上からボロクソに言われたときに「わかるよ」って言ってもらうだけで救われるときがある。味方が欲しい、わかるよのひと言が欲しいときがある。そういうときに難しい言葉は要らない。

やらかい気持ちは、それこそ波動で伝わりますから。

「そういう人やからね。まあまあ」とかね。「まあまあ」っていうしょうもないひと言がものすごい効力を発揮することもある。頑張ってる後輩がいたら「よかったよ」、骨身を惜しまず言ってあげたいですね。

褒められたこと、嬉しかった気持ち、そのときに見えた景色。

そういうのはみんな、一生忘れませんから。それがいつしかその人の中で発酵して自信になるんです。だから「大丈夫」「いいもん持ってる」、ちょっとでも人の上に立った人は次の人にそういう言葉をばらまいて励ましてあげないと。そうやっていいものが回っていくんです。

「慣れるのは神様のお情け」という言葉があるんですよ。

しんどいことでも慣れると、見え方が違ってきて「でもこんないいところもある」って自分でもわかるようになったりね。そうしてお互いに持ちつ持たれつ。慰めあいながら行ったらいいんです。正しいことより楽しいことを見つけながらね。

世の中にイヤなことが100あるとしたら、私は、いいことは120あると思ってるの。そうすると厚かましい子は「20しか違わないんですか!」って言ったりするけど、それはその人の心がけ次第ね。

「いいことが来るのを口あけて待っていられるかい!」って言うのは大概、男の子。女の子は「かもね。私にも来る? いいこと」って笑ってる。そうやっていい顔してるだけでも、いいことはやって来ますよ。

いいことなんてない。何だか憂うつでイヤなことばかり。そんなふうにしか思えない毎日が続くと、袋小路に立たされた気持ちがするかもしれない。

どんなところにもひょっこりと抜け道はあるから。

そう信じてちょっと肩の力を抜きましょう。

理想を掲《かか》げるのも悪いことじゃないけど、あんまりそういうことに大きな意味を与えない方がいい。「こうしなきゃ」「こうすべき」なんて思いつめたら、自分が窮屈になるだけ。そんなに早く自分の行く道を決めなくてもいいと思うの。100人いたら100通りのやり方があるんだから、その日その日の出来心でいい。

もうここが行き止まり？　いや、そんなはずない。

人生は出来心。まだまだこれからです。

何もかも正面突破では身が持ちません。
時には自分を上手に逃がしてあげないと。

心がちょっとくもった日には

あの人にはあんなに素敵な恋人がいるのに、どうして私にはいないんだろう。私だって仕事を頑張っているのに、どうしてあの人ばかり……。人と自分を比べて、しょげたりしていませんか。

そんなことしても余計に自分がミジメになるだけ。いいことなんて、ひとつもありません。かしこい大人の女の人は、つまらないジェラシーから自分を防衛することを覚えましょうね。

「当たって砕けろ！」と言うけれど、何もかも正面突破で身が持ちますか。「ヤバ！」と思ったら、砕ける前に逃げるが勝ち。自分の得意な方、明るい気持ちでいられる方を探して、逃げ道、抜け道、ひょいひょい行ったらいいんです。

恋愛だってそうですよ。この人、こんなこと言って、ちっとも頼りにならないわ、「ヤバ！」。そう思ったら、きびすを返して、おしまいにしてやったらよろしい。

ウジウジした暗い気持ちから自分を上手に逃がしてあげるんです。「ヤバ！」っていうのは、つまり危険を察知する野生のカンのことよ。女の人はそういう力をもともと持ってると思うの。

こんだけしか給料あらへん。それならそれでこうしようって何とかするでしょ。それとおんなじよ。ないならないで、人生もうまいことやりくりするのが女です。

男の人はひとつ狂うとポッキリ折れてしまうことが多いけど、女の人はそのくらいではへこたれませんよ。ちぎれたら、また、うまいことくっつけて、なんぼでも続きをやれる。

人と自分を比べて、つまらないジェラシーにとらわれているときって、視野が狭くなっているから、ほかに道がないと思い込んでいるのね。目の前にあるものだけが自分のすべてと思うことを「未熟」と言うんです。

それでもまだ「私、そんな立派な会社に勤めてるわけじゃないし、とりたてて面白い仕事をまかせてもらってるわけじゃないし、別の道なんて……」と思う？

それはね、見つけ方が足りない。

おしゃれだって、自分が一番好きだなと思ってることが似合ってることよ。絶対そう。好きなものには、向こうから呼ばれる気がするでしょう。

人間だって、そうですよ。誰にでも親しい人、よくおしゃべりする人っていますよね。街を歩いていても、なんとなく惹きつけられる人がいる。

なんであの人に惹きつけられるんだろう。何か自分の心に惹かれるものがある。それに気がついたら、その魅力について、ちょっと考えてみたらいい。たとえばその人は凜々《りり》しい顔つきをしてるのかもしれない。それであの人といると、こっちまでやる気が出てきて、パッと心が軽くなるのか。まずはそんなことを見つけていくといい。

何も大げさなことじゃなくていいんですよ。

毎日、誰かと何かをすれば、何かしらあるもの。あの上司、誰かに似てる。そうか、あの漫才の相方や。そんなたわいのないことでも、毎日考えてたら自然と顔がほどけてくるはず。あなたがいい顔つきで笑っていたら今度は人が寄ってきますよ。

「なんで笑ってるの？　教えて」

その頃には、あなたにも話せることがいっぱいあるはず。落ち込んだとき、どんな言葉が胸にしみたか。あなたはもう、知っているでしょう。今度はそれを誰かに言ってあげることだって出来る。

大人がなんのために大人になるかっていったら、あとから来る人に、そういうひと言を言ってあげるためですよ。あなたが力を失くしているときは、身を以《もつ》てそれを知る大事なチャンスでもあるんです。そのチャンスを、誰かと自分を比べてクヨクヨするだけで過ごしてどうしますか。

子どもが悲しいときに黙っているのは、それを言う言葉をまだ知らないからです。黙っているけど、心の中ではいろんなことをちゃんとわかっているものですよ。

泣きたいけど、みんなの前では泣けない。

ガンバレと言われても、つらい。

そんなときこそ、自分の底力がわかるし、人を見る目も養われるんです。

さあ、クヨクヨするのはやめて。帰りの電車で窓に映る自分の顔を見てごらんなさい。「ヤバ！」と思ったら、行き止まりの道からはパッと手を放して逃げるが勝ち。いい匂いのする明るい道が、あなたをきっと待っていますよ。

あれからいろんなことがあった。
だからこそ、胸を張って通り過ぎましょう。

昔の恋

電車を降りたときにすれ違った人がいた。どうもあの人じゃないかしら。よく似てたわと思うけど、振り向いたらドアが閉まっていて、もう見えなかった。とっさに電車の行き先を確かめたけど、どこで降りるかもわからないし結局それっきり。

そんな話をしてくれた人がありました。

その場では笑っていたけれど、あとで、昔その人からもらった手紙を読み返して泣いてしまったんですって。遠い昔に終わった恋なのに、思い出すと今でも泣けてくる。素敵ですね、そんな人がいるって。

つきあっていたけれど今はもう別れたふたり。

私も小説でそんな男女の関係を何回描いたことでしょう。

せっかく小説に描くのなら、自分でも好きな男の人でないと力が入らないのね。なんでこんないい男と別れたんやろうって男に描きたい。思いきりがいい男も悪くはない。でもきれいに忘れようと夢見ながらも、いつまでも尾を引いて胸の中がくちゃくちゃしてしまう、これこそが人間だと思うんですよ。なんの未練もなく、きっぱり別れられるようなら、それこそ小説にはならない。

しあわせな結婚をした、子どもたちもみな可愛い、その子たちも独立して出ていった。そういう年齢になっても、やっぱりどうにもならなかった若い頃の恋、あの思い出だけは忘れられないということがある。

こういう気持ちは誰に持っていくことも出来ない。

妻にも言えないし、誰にも言えないけど、今も胸に残ってる。そういうのを持ってる男が好きなんです。いいなあと思う。くやしさでもない。逢いたいというのでもない。自分の心に傷つけられたものがあったというのを持ってる人の方が人に優しくなれるんじゃないかって思うから。

女だってそうですよね。どっちが悪いというのでもない、そうなる運命に巻き込まれてしまったら、これはもうしょうがない。なのに、なぜ忘れられないのか。男もロマンチストだけど、女だってロマンチストよ。ただ、女はやることがいっぱいあるから、いつまでもそれだけに溺れていられない。時間が経つにつれて思い出を仕分けしますよね。

いつまでも覚えてる人。ときどき思い出す人。あれはあれでよかったなあという人もいれば、しょうもないことにえらい時間とられたなあって人もいる。そうやって思い返すのがまた楽しい。

昔なにがしかのことがあった男と女の再会は、だから面白い。自分はこれだけ生きて、あれからいろんなことがあった。いろんなもの見て、あの頃よりかしこくなってるって、どっちもが思ってる。

さあ、ここが勝負のしどころ。

向こうが「元気そうだね」って言ったら、こっちも「あなたも男ぶりがあがったわね。立派になって」なんてね。うんと褒めてあげたらいい。そう言われると男の人は単純やから絶対に舞い上がっちゃう。そしたら、すかさず「じゃあね」って、さっときびすを返す。これが一番だと思うわ。

今更おべんちゃらで口を濡らして「あなたのこと、忘れられなかったわ」なんて絶対そんなこと言ったらあかんよ。過ぎたるは及ばざるが如し。思わせぶりは要りません。

別れて何年経とうが、男の人は自分はまだ好かれてると思いたいのね。そのくせ自分からは何も言わずに「お久しぶりね」って女が引き返してくるのを待ってる。その手にのってなるものかという話ですよ。こっちだっていろんな男と女を見てきて、向こうがどこらへんをうろちょろしてるかはもうわかってる。あの頃の私はあれでしょうがなかったけど、今の私は違う。そう思うなら、そこでぐずぐずもったいぶってはダメ。

ここでもう一歩踏み込んだらどうなるのかという局面でこそ、品はあってよし。さっと退《ひ》いた方がいいことが多い。そういうのは誰かが決めてくれることじゃないのよ。「自分はあれからこう生きてきた」っていう自分の自信でもって決めるものなんです。

一度捨てた恋じゃないの。二度咲きの恋なんてろくなもんじゃない。いい夢見せてくれてありがとうねって、きれいなリボンをかけてしまっておいたらいい。

そうするとたいてい箱の中から「僕、これからどうしたらいいですか」って声がするけど「ウルサイ」。ピシャリと言ってやりなさい。「もう用は済んだ」ってね。

いい思い出だった、いいヤツだった、そう言える今があることに胸を張って、さあ、次の素敵な恋をしましょう。

口八丁と言うけど、夫婦は口十六丁。
それくらいの度胸で切り抜けてください。

おもろきかな、夫婦

若いうちはまだ人生すれてないし、自分がこう思ったらこうなるはず、相手もそう思ってくれるはずって「はず」が多いんですよ。でも「はず」はなかなか通らないのね。「こうなるはず」なのに「はず」が通らないもんだから「なんでこれが通らないのかなあ。わからんやっちゃ。アホじゃ！」って一直線に相手のせいにしたりする。そういう経験を繰り返すうち「自分はこういうものだと思っていたけど、相手の言うことにも一理あるなあ」って世の中のこと、人間のことがわかってくる。

いい年して、ぼちぼち腹が出来てくると違ってきますよ。謝るのが平気になる。

「そんなん口先だけで謝るからでしょ」って言うけど、違う。相手の気持ちが想像出来るようになったから「ごめんなさい」って素直に言えるようになるのよ。

そういうのはその人その人で勝手に勉強すること。人生勉強ですよね。結婚はその最たるものかも知れません。

「こうなるはず」どころか「こんなはずじゃなかった」の連続。子どもだったら「アイツ嫌いや」で済むけど、大人はそれではいけません。両方が傷つき、気づきながらだんだんと積み上げていくのが結婚だから。口八丁って言うけど、夫婦というものは口十六丁くらいないとね。結婚するからにはそれくらいの度胸で切り抜けてください。

うちの主人も、きっとあの世で「えらい目におうたで、お前」って言ってるわよ。私、よくおっちゃんに「あなたが言いたいと思ってるのって、つまりこういうことでしょ」って言ったから。

「お前なあ、なんべんも言うけど、人の言いたいと思ってること先越して言うなよ。わし、言うことあれへんやないか。もう寝る」

「なんでよ。今日はじっくり話そう言うたやないの」

「あのな、男が嫁はんに言うたこと、いちいち覚えてるか。そんなもん覚えてたら、この年まで生きてられるかい」

「ちょっと！　ちょっと起きてよ」

「かんにん、かんにん。もう寝る」

独身の頃は私も「言わずのおせい」と呼ばれて、言いたいこともよう言えん子やったのよ。それがなんと言うことでしょう。おっちゃんと結婚して見事に変わりました。言い合いはしょっちゅう。でもケンカにはならないんです。どういうわけか漫才になって、最後はドッと笑っておしまい。意見があわないことがあっても、翌朝になれば「おはよう」、さっぱりしたもの。

お腹に気持ちを溜め込むのが一番よくない。やらかくやらかくして出そうとすると、これは黙ってようと思ったことまで、つい言うてしまったりして。別に笑わそうと思ってるわけじゃないけど、こっちもつい口がほころぶような話を持ってきちゃう。反対にこっちの話を相手がどう面白くひっくり返してきたか。そういうやりとりのうちに、お互いの気持ちもわかってきますよね。

「もう寝る」って逃げたと思ってた人が、翌朝、ぽつりと言うかも知れない。

「あれから腹が立って寝られなかったわ」

「ごめんなさい」

あとになってわかることって多いんですよ。「あのときはちょっと言いすぎたな」って思ったり「あんなにひどいことをしたのにあのくらいで済ましてくれはったんだ、ありがたいこっちゃ」とかね。そうやってひとつひとつ勉強していくんです。キツイ言い方したのに、よう辛抱してくれた。優しく言うてくれて、ありがとう。そういう気持ちを忘れたらいけない。

部屋が片付いていない時に「ちゃんとした家はこんなことせえへん」ってえらそうに言われたら「なにさ」ってなるけど「こうしたらきれいやし、

あとでラクやし。こうしてみたら」、これなら角が立たない。男も女も頭を働かせて、どんなふうに言ったら相手を傷つけないかを考えた方がいい。時には嘘も方便。お金がなくても「ありますよ。大丈夫。心配しないで」。旦那さん、びっくりして「ありますって、お前、へそくりがあったん?」「へそくりなんてあるわけないやん。ありますよって、口だけで言うてるの」「アホか!」。

大変なことを一緒に笑い飛ばせれば、まずまずです。聞いてる人、みんな、笑かしてやれ、神サンが一番喜ぶのはそれなんだよって気持ちで生きていったらいい。大阪の人はそうよね。こうなったら神サン笑かしてやれと思って、生きてるとこがある。そうしてお互い人間と人間で渡りあって、舌戦をやりあっては笑いころげる。これぞ男と女の醍醐味、人生の醍醐味ではないでしょうか。

結婚の条件なんて、あてにならない。
たったひとり、この人だとわかる時がある。

赤い糸より確かなもの

私がまだお勤めしていた頃、同じ職場に奥さんを亡くして、ふたりの子どもを育てながら働いている人がいました。おとなしい人でしたけど、一緒に仕事をしているうちにとても優しい人だということがわかって、少しずつおしゃべりをするようになったんです。

男の人って、なかなか打ち明け話ってしないものだけど、その人とはいろんな話をしました。働いている男の人にどんな喜びや苦労があるのか、その人と出会ったことで知ることが出来たと思う。

でもその人とは結局、縁がなかったのね。

しょうがないから、これはもう、仕事を頑張ろうと思ったときに、おっちゃんと出会ったんです。

おっちゃんは男やもめで4人も子どもがいたから、母はずいぶん心配しました。父が亡くなった後《のち》、懸命に働きながら「小説家になりたい」という私の夢を応援してくれた母です。「あなた、小説はどうするの？」、真っ先にそう聞かれました。

「絶対に辞めない。だって小説家を目指して今まで頑張ってきたんだもの」

「知ってる。お母ちゃんもそれ知ってるから、結婚と二股かけるなんて出来るのかと思って」

「両方する。小説書くのに、結婚も経験してないと書けないと思うし」

「そんなこと言ったたって体が続くかどうか」

あの頃は私もこの機を逃したら小説家にはなれないと思いつめていました。といって結婚を逃す気にもなれない。

「どないするねん」

おっちゃんにも聞かれて「両方する」って答えた。そうしたら、おっちゃんは「わかった。やりたいようにやりなさい」って言ってくれたんです。

女の人は結婚したら勤めを辞めて家に入るのが一般的だった時代です。こんなふうに言ってくれる旦那様はいないと思ったから「神様。神様」、思わず拝んでしまった。「わし、神様違う」って、おっちゃんは笑ってましたけどね。

どうしてあのとき、おっちゃんが「それはいかん」と言わなかったのか。

それには理由がありました。

「わしの前の嫁はんも小説家志望だった。もうちょっとして子育てが一段落したら、また小説を書くと言ってたのに、これからというときに亡くなってしまった。そやから、もしあんたにそういう志があるんだったら、もちろん賛成する」

それを母に言ったら、母も泣きました。

「そんな優しい人もいるのね」

めぐりあわせというのは不思議なものです。私にしたらおっちゃんは一番言って欲しい言葉を言ってくれた人でした。おっちゃんにとっては私が志を全うすることが亡くなった奥さんに対する心残りを少しは晴らすことになったのかもしれない。

「私、家のことは出来ることしか出来ないけど」

「それでいいよ」

「そうまでしても、このままずっと小説がうまくいくと限らへんかもよ」

「かまへん」

　思い返せば、弟は弟で縁談を何件も断られていました。というのも、気持ちの優しい弟はどんな女の人にも最初に「自分は長男で、うちには母と小説家志望の姉がいます」と打ち明けていたんです。姑どころか小姑まで居座ってると知ってはたいていの女の人は怖気づいてしまう。ところがたったひとりだけ、「いいですよ」と言ってくれた人がいた。それから何年か後、私が芥川賞を受賞してパーティーが開かれたとき、彼女は晴れて弟の婚約者としてお父さんと出席してくれました。

　結婚の条件なんて、だからあてにならない。人は「なんでそんな大変な人と?」と言うかも知れない。でも自分にとっては神サンみたいに素敵な人。一生懸命に生きていれば、そういう人と出会えたときにちゃんとわかると思う。

「あたし、ときどきは夜も寝ないで小説書くけど」

「どうぞどうぞ。僕は寝てもええんやろ」

「当たり前や！　あんたが起きててどうするの」

「そんなら書きたいときに書いたらいい」

「小説に夢中になって、あなたのことほったらかしにするかもよ。そうなっても怒らへん？」

「怒らへん……と思う」

「と思う？」

おっちゃんとふたりで大笑いしたあの日のことを、私は今も忘れない。

笑いあうことで人は一味になるんです。
無言のうちに互いを思いやり、労りあう。

笑う門には福来る

笑うために人間は生きているんだと私は思います。

誰かがおかしいことを言ったら、みんなでどっと笑うというのは大変健やかで嬉しいことです。何も必ず笑わなきゃいけないということではないけれど、ついニカッと笑ってしまうというのはいいものですよね。それは単に「面白いことを言ったから」というだけではないんですね。

あの人、なんでいつもせかせかしてるのかしら。最初はわからない。でも気にかけて見ていると、ああ、そうか。ちいさいお子さんがいるからおうちに急いで帰らなきゃいけないのかって、ちょっとずつわかってきたりしますよね。

その人のことがよくわかってくると、よく笑いが出るようになるんですよ。相手の事情を思いやることが出来るから、大変なことを一緒に笑い飛ばしてやろうっていう気持ちが出てくる。こういうのは頭の良し悪しには関係ないと思う。知識じゃないのね。愛情を持って周りをよく見ていると、いろんなことを発見しちゃうんですね。気心が知れてくると、それが笑いのもとになる。

小説を書くときも、そうよ。最初からわかりやすいいい人では面白くないのね。最初は感じが悪い人、口のきき方もぶっきらぼうで、つっけんどんだったりしたのが、だんだんとわかっていくと思いがけない一面が見えてくる。そういう方が描きがいがある。この人だって最初からこうだったわけではなくて、いろんなことがあって、こうなったんだなあと。そこまで理解したときに、その人の見え方も変わってきますよね。

友だち同士なら気の合う人とだけつきあえばいいかもしれないけど、仕事だとそうもいかない。うまくつきあうには相手のことをよく知るための根気や努力も必要。悪口を言うだけ言ったら気が済んで、あとはぷいと横向いて知らん顔をしてるようでは見るべきものも見損なってしまいます。

よくよく知ってみれば、ということがありますから。こちらの人を見る目も問われるし、何ごともきっかけひとつ。

あんまり気が合わない人だと思ってたのが、行きつけの店で偶然会って、一緒に飲んでみたら案外面白い人だったなんていうのもよくあること。酔ってないともの言うのも恥ずかしいって人もいますからね。向こうからしゃべりかけてくれたら、なんぼでもしゃべるのにと思いながら、お互い何年も経ってしまったということもあるでしょう。

ほかに欠点がいっぱいあっても、ひとつの美点で素晴らしく見えることもあるのが人間というもの。周りがそういうのをちゃんと知ってあげないとね。人は自分のことをわかってくれる人、面白がってくれる人が現れると変わるんですよ。その人が持っていた魅力が輝いてくるのね。それで周りにもその人の値打ちがわかるようになる。

人が人といるっていうのは、だから神サンがくれた贈り物だと思うわ。人が集まるってことはそれだけで人を育てます。大きい塊をみんなで大切にして、お互いの気持ちを推し量りながら、あったかく気持ちをほどいていられるような、そういう雰囲気をいつでもつくってあげるようにしたいですね。つらいときには「大丈夫大丈夫」ってちいさい声で言ってあげたりね。出来るだけ知らんふりしてあげたりね。

家庭でも職場でもそういう場所では、人は自然と笑顔になる。うつむいて仕事してるのに、つい頰がゆるんでしまう。そういう雰囲気というのは骨身に沁み込むものです。

みんなが誰かのひと言でぱっと笑った、あいつは声には出さないけど、いつも真っ先に笑いよる、あのへんもあったかかった、このへんもあったかかった……そういうのが私は本当に大好き。人は人をちゃんと見ているものだなあと思います。

笑いあうことで人は一味になるんです。無言のうちにお互いを思いやり、勇気づけあい、労《いたわ》りあう。みんながうまくいくようにって気持ちが笑いになるんですね。笑いの少ない世の中はあかんと思うわ、私は。人は人をよく知ることで、もっともっと笑えるようになる。あったかい笑いが生まれる場所をつくっていくことが出来る。「笑う門には福来る」というのはそういうことですよ。

そうやって自分の今いる場所を時間や手間をかけてよく知り、深く味わい、楽しもうとすることが人生に対する愛情だと思います。

大人になりかけが人は一番泣くんだと思う。
人生も小説もそこから面白くなるんですよ。

涙を瓶に詰めて

ちいさな瓶に好きなもの入れて、大事にとっておくのが好きでした。いくつも並べて、きれいね、可愛いなあ。私の大事な宝物。色とりどりのビーズや小さな貝殻。星のかたちをした砂に、それからなぜか鉛筆の削りかす。

子どもの頃から、手書きでたくさん、たくさん小説を書いていたから。

「私ね、お話つくったの」

よく父親にも見せてましたよ。

「よしよし。あとでな」

「あとはイヤ。今見て」

挿絵も全部自分で描いて、少女小説だけじゃなくて少年小説、冒険ものもあったから、みんなが「貸して、貸して」って見たがった。瓶に詰めた鉛筆の削りかすはあの頃の匂い。小説を書くこと、読むことに夢中だった子どもの頃の記憶とつながっているんです。

私は三人兄弟の長女でした。妹は甘い声出すから誰からも可愛がられる。弟はすぐにぷうっとふくれるから、お父さんに「男の子がそんな顔して」とよく叱られた。長女の私は、字が書いてあると何でも読むような子どもでした。

昔は新聞にも全部ふり仮名がふってあったのよ。伯父や叔母の持ってる小説も、かたっぱしから読んでしまうから「あの本どこ行った？　また聖子やろ！」。

宝塚歌劇も大好きで、いつか宝塚で上演してもらおうと思って、子どもながらに自作の脚本もいっぱい書いた。「宝塚に行く」と言ったら誰も怒らないし、叔母や母に連れられて、しょっちゅう行ったものです。あんまり好きで、結婚してるときも突然歌い出したりして「なんや、あんた」っておっちゃんにびっくりされた。

自分の小説が宝塚で上演されると決まったときは、だから飛び上がりたいくらい嬉しかった。あの頃のちっちゃな女の子の気持ちで「うわあ、嬉しい！」って走って行きました。

「小説家になりたい」なんて、たいそうな夢。

でも誰ひとり、止める人はいなかった。応援してくれた。これがもう、幸せ。

私はこういう小説が書きたい。こういう女の子、男の子が書きたい。もっと面白い描き方がないか。いろんな小説を読みながら、自分を肥やしていく。夢をかなえたいなら、これを一日も忘れたらいけない。そう思って書き続けてきたけど、夢がかなった後も道はずっと続いていく。

書かないでいると、やっぱり小説家は遅れてしまうんですね。書くものの上に時期遅れという感じが出てくるから、書いたものを常に外に出して、人々の厳しい批評の目にさらさないといけない。

結婚して子育てしていた頃は、それこそ夜も寝ないでやり抜きました。

主人には「あんた、いつ寝るねん」って言われたけど、そこは踏ん張らないと。

みんなが喜ぶような話を、いつもそれとなく気をつけて心に留めていると、書くときにそれを思い出すんですよ。物書きというのは、常日頃からそういうものをいっぱい拾い集めてるところがあります。

そういうのはみなさんもやってらっしゃることよね。生きてる以上は、きっとそう。小説は、それを瓶詰にして「はいどうぞ」って差し上げるようなものかもしれません。

よくよく考えたら深刻な場面でも、それをそのまま描くんじゃなくて、もう少しふんわかとしたやらかいものにして出そうと思う。目の前のくさくさしたことも、ちょっと置き場所を変えるとこうなります。そういうのが私は好き。

人と自分を比べても、しあわせは見えてこない。

それがわからないうちは、まだ幼稚。まだ人生の勉強が足りない。そんなのはしばらく続くとすぐにわかります。

自分はいいもの持ってる。この道はきっといいとこに続いてる。

それを信じなかったら、仕方ない。

丸い卵も切り様で四角、ということが身に沁みてわかるのも、そこから。

泣いてる子がいる。キツイ言葉を言われて、若いからうまくかわすことも出来ずに悲しくて、くやしくて、でも言い返すことも出来なかった。

私なら、そんなときは「いっそドバッと笑ってごらん」って言うかもしれない。

大人になったら、そのくらいのことではもう泣かない。大人になりかけのときが一番泣くんだと思う。大人になると、わかってくるからね。

考え方次第で、人生は色を変えていく。
そこをどう描くか、どう面白がってもらえるかが小説の醍醐味。
ああ、楽しかった、面白かった。人生も小説も、そうあらまほしと思う。

自分のいいところをちゃんと自分で知ってる、
そういう素敵な女の人になってください。

歳月がくれるもの

だんだんと日が長くなってくると春遠からじという気持ちになりますよね。

あの有名なワシントンの桜は、1912年に私が暮らしている伊丹市が苗を贈って、大統領夫人が植樹したのが始まりで、去年はちょうど100

周年に当たるというので伊丹市でも記念式典が開かれました。それが3月27日、ちょうど私の誕生日だったので、招かれた私もなんだか自分もお祝いされているような晴れがましくも嬉しい一日を過ごしました。

桜が咲いた。それだけのことでさまざまに思いめぐらせることがあるのは、やっぱりそれだけ歳月を重ねてきたからでしょうね。

若い頃は目の前のことに一生懸命だから、振り返るほどの思い出もまだそれほどなかったりする。季節のうつろいから感じるものがあるというのは、そういう意味では大人になってからの特権かもしれません。

時が経って、初めてわかることってありますから。そのときはわからなかったことが、今になってやっとわかったりする。

歳月がくれるものがある。

たとえば人妻がなんで美しいのかっていったら、言わないで胸にしまっていることがあるからですよ。結婚してみたら、旦那さんの思いがけない一面を知った。だからと言って、いちいち本人に言うことでもないし、親にしゃべることでもない。

秘密って言っても、いやらしいものではないのよ。これは言わずに黙っておこうという優しさや、言わないでおいた方があの人は喜ぶだろうっていう密かな思いやりのこと。そういう秘密は美しいものを発散するんです。時が流れて、いつか共白髪になった頃、旦那さんに「ねえ。こんなことがあったの、覚えてる？　あの時、私ね、こんなふうに考えていたのよ」、そう打ち明ける日が来るかもしれない。

その場で口にしていたら、相手を責めるようになる。そう思って胸にしまっておいたことも、歳月を隔てて、笑い話になってる。

「あの時に言うたらケンカになりそうやから黙ってたの」

「そうやったんか」

「けど今でも忘れられない……」

泣きマネくらいしてやったっていい。

「おいおい。もう、前のことやないか。言わんでもわかってるわ」

「ほんとう?」

そう言って、今度はニカッと笑ってあげましょう。人生には待ってやらな、しょうがないこともあるからね。相手に「絶対にわからせよう」って思っても、そのときは通らないことが。

思い出すのもつらかったことも、いつの間にかいい思い出になってる。もう胸は痛まない、そうなったら忘れることだって出来る。悔恨までそんなふうに溶けて流れて変わっていくのだから、年をとるのも悪いことばかりじゃない。

大人になるって難しいのよ。

でも大人にならなくてはダメ。死ぬまでにはね。

それにはたくさん出会うこと。たくさんの人と出会ううちに堅くガードしていたものを全部脱ぎ棄てて、大阪弁で言ったら「これだけでんねん」「これしかおまへんねん」って感じになる。

「これしかおまへん」と言われて怒る人間はいないと思いますよ。若い頃は「相手に甘く見られてはいけない」という気負いがあるけど、そんなふうにどんどん身軽に、素直になっていけたら素敵よね。素直がいちばん。そうして自分のいいところをちゃんと自分で知ってる、そういう女の人になって欲しい。

私がなんで長く仕事を続けてこれたかって言えば、やっぱり楽しかったからです。原稿を仕上げると、原稿用紙の最後に「おわり」という字を書くの。これは人には内緒にしてきたことだけど、「おわり」って書きながら「ざまあみさらせ」って思うの。どこでそんなお美しい言葉を覚えてきたのやら！　私だけの秘密の儀式ね。そうして何があろうと「よし！」と前を向いてきたんです。

生きるって楽しいことよ。人生はいいもんです。

まずはそう信じること。そこからすべてが始まる。

みなさんもどうぞいい人生を。そう願っています。

あとがき　「人生の小説」

このエッセイは世界文化社の月刊誌『MISS』（現在休刊）で2012年1月号から16回連載したものに加筆修正を加えて全25章にまとめたものです。

『MISS』の読者は今を生きる女性たち。

聞き書きのエッセイということで恋愛、結婚、仕事、人生、毎回いろんなテーマについてお話ししました。今の女の子たちはみんな、きれいで華やかでいきいきして見える。でもちいさなことでつまずいて悩んだりしてね。お話ししながら、そういうところは私たちの時代と同じだなあ、変わらないなあと思いました。

私がたくさんの夢見小説で主人公にしてきたのも、仕事も恋愛も謳歌して、ほわほわしてるようで、人生の苦さみたいなものもちゃんと知ってる、70年代に〈ハイ・ミス〉と言われた女性たちでした。

恋をしても、いつかは終わってしまう。仕事は楽しいけど、現実はまだまだ厳しい。そこからどうやって抜け出るかで、あの頃、みんな、それぞれ闘っていたから。そういう「女の子」たちを励ますような小説を描こうって思っていましたね。

どんなに「現実はこういうものだ」と押しつけられようと「いや、そんなはずない」と諦めないで自分の夢を貫く子が必ず出てくる。いつの時代でも、きっとそうだと思います。私自身もそうでした。小説家になりたい。どんな時も、その夢だけは諦められなかった。不思議ね。そう思うと、何があろうと、ぱあっと力が湧いてきたんです。

「こうしよう。だってこうした方が楽しいんだもの！」

そう思ったら、女の子は強い。いざとなったら信じてる、自分の力を。

かつては女の人は結婚したら仕事を辞めて家に入るのが一般的でした。でも今はいろんな選択肢がありますよね。それはきっと「こうでなきゃ自分の人生は生きる値打ちがない」、そう思って懸命に道を切り開いてきたたくさんの女の子たちがいたからではないでしょうか。

そうして希望をつないで、つないで、ここまで進歩してきたのでしょう。

今を生きる女性たちにも、心からのエールを送りたいと思います。

女の子の人生にはいろんな可能性がある。

これが自分の幸せだ、幸せを自分で決める力をそれぞれがきっと持ってる。

独身を謳歌する、それも楽しい。結婚したらそれも楽しいし、子どもがいたらそれも楽しい。子どもを持たない人生、それもまた楽しい。いろんな人生があって、それぞれの喜び、哀しみがある。ふとした弾みに出たひと言に、それがにじむことがある。これこそが私は「人生の小説」だと思っています。人生には楽しいことがいっぱい。

それをみんなで探して、抱きしめて生きていきましょう！

※本書は2011年2月～2012年10月にかけて
兵庫県・伊丹市にて行ったインタビューをもとにした、聞き書きのエッセイです。

構成　瀧晴巳
本文デザイン　大久保明子
ＤＴＰ制作　エヴリ・シンク

単行本　二〇一三年六月　世界文化社刊

文春文庫

歳月《さいげつ》がくれるもの
まいにち、ごきげんさん

定価はカバーに
表示してあります

2022年5月10日　第1刷

著　者　田《た》辺《なべ》聖《せい》子《こ》
発行者　花田朋子
発行所　株式会社 文藝春秋

東京都千代田区紀尾井町 3-23　〒102-8008
TEL 03・3265・1211(代)
文藝春秋ホームページ　http://www.bunshun.co.jp

落丁、乱丁本は、お手数ですが小社製作部宛お送り下さい。送料小社負担でお取替致します。

印刷製本・凸版印刷

Printed in Japan
ISBN978-4-16-791881-1

（　）内は解説者。品切の節はご容赦下さい。

須賀敦子
コルシア書店の仲間たち
ミラノで理想の共同体を夢みて設立されたコルシア書店に仲間として迎えられた著者。そこに出入りする友人たち、貴族の世界などを、深くやわらかい筆致で描いた名作エッセイ。（松山　巖）
す-8-1

須賀敦子
ヴェネツィアの宿
父や母、人生の途上に現れては消えた人々が織りなす様々なドラマ。『ヴェネツィアの宿』『夏のおわり』『寄宿学校』『カティアが歩いた道』等、最も美しい文章で綴られた十二篇。（関川夏央）
す-8-2

水道橋博士
藝人春秋
北野武、松本人志、そのまんま東……今を時めく芸人たちを、博士ならではの鋭く愛情に満ちた目で描き、ベストセラーとなった藝人論。有吉弘行論を文庫版特別収録。（若林正恭）
す-20-1

水道橋博士
藝人春秋2
ハカセより愛をこめて
博士がスパイとして芸能界に潜入し、橋下徹からリリー・フランキー、タモリまで、浮き沈みの激しい世界の怪人奇人18名を濃厚に描く抱腹絶倒ノンフィクション。（ダースレイダー）
す-20-2

先崎　学
うつ病九段
プロ棋士が将棋を失くした一年間
空前の将棋ブームの陰で、その棋士はうつ病と闘っていた。孤独の苦しみ、将棋が指せなくなるという恐怖、復帰への焦り……。発症から回復までを綴った心揺さぶる手記。（佐藤　優）
せ-6-2

田辺聖子
老いてこそ上機嫌
「80だろうが、90だろうが屁とも思っておらぬ」と豪語するお聖さんももうすぐ90歳。２００を超える作品の中から厳選した、短くて面白くて心の奥に響く言葉ばかりを集めました。

た-3-54

立花　隆
死はこわくない
自殺、安楽死、脳死、臨死体験……。長きにわたり、生命の不思議をテーマとして追い続けてきた「知の巨人」が真正面から〈死〉に挑む。がん、心臓手術を乗り越え、到達した境地とは。

た-5-25

田中澄江
花の百名山
春の御前山で出会ったカタクリの大群落。身を伏せて確かめた早池峰の小さなチシマコザクラ——山と花をこよなく愛した著者が綴った珠玉のエッセイ。読売文学賞受賞作。（平尾隆弘）
た-14-5

高峰秀子
わたしの渡世日記（上下）
複雑な家庭環境、義母との確執、映画デビュー、青年・黒澤明との初恋など、波瀾の半生を常に明るく前向きに生きた著者が、ユーモアあふれる筆で綴った傑作自叙エッセイ。（沢木耕太郎）
た-37-2

高峰秀子
コットンが好き
飾り棚、手燭、真珠、浴衣、はんこ、腕時計、ダイヤモンド……。これまで共に生きてきた、かけ替えのない道具や小物たちとの思い出を、愛情たっぷりに綴った名エッセイ。待望の復刻版。

た-37-7

壇　蜜
壇蜜日記
賞味期限切れのソースで運試し。新聞を読めば、求人欄に目がいく。抱かれる予定はしばらくなし——。あの壇蜜が、文壇を驚愕させた流麗な文体で綴る「蜜」な日々！　文庫書下ろし。

た-92-1

壇　蜜
壇蜜日記2
壇蜜三十四歳。仕事の励みは風呂上がりのアイス。事務所の後輩の女の子が妹だったらと妄想……そんな壇蜜的日常に新展開。——「抱かれた」。各界から絶賛の書下ろし日記第二弾。

た-92-2

壇　蜜
泣くなら、ひとり
壇蜜日記3
寝起きの猫の匂いを愛し、見られてはマズイ画像を持っている人を心の中で数え、「私と春はどちらが図々しいだろう」と物思う……壇蜜のリアルがここに。初小説も収録の文庫オリジナル。
た-92-3

壇　蜜
噂は噂
壇蜜日記4
「不条理の利用」を女子に説き、寿司屋の看板を見ては「寿司良いなぁ」と涙を流し、男の優しさの先にある苦くて甘い何かを時に齧りたくなる……これがまさかの読み納め!?　書下ろし。
た-92-4